LA VIERGE ROUGE

PAR GAYAR

E. Bernard, Imprimeur-Éditeur, Paris.

La
Vierge Rouge

Par G. Arribat (Gyper)

PARIS

E. BERNARD, IMPRIMEUR-ÉDITEUR

29, Quai des Grands-Augustins, 29

Droits de Traduction et de Reproduction réservés

La Vierge Rouge

I

Depuis longtemps déjà, Maurice Gerbaut s'était montré curieux de pénétrer la vie intime d'une colonie d'étudiants russes, ses voisins, dont l'existence étrange l'intriguait.

Sa maison étant mitoyenne à la leur, il les voyait chaque soir, de sa fenêtre, regagner séparément leur domicile commun, d'un pas lent et automatique, la tête penchée, l'œil fixe, semblant toujours en proie à d'absorbantes pensées.

Il ne se souvenait pas d'avoir jamais rencontré l'un d'eux dans une des nombreuses brasseries avoisinant la Sorbonne et Vassili, le seul qu'il connut un peu, avait toujours décliné les offres de rafraîchissements que Maurice avait cru devoir lui faire.

Leur camaraderie était née toute naturellement d'une communauté de labeur.

Tous deux étudiaient la médecine, suivaient les mêmes cours et assez fréquemment regagnaient ensemble leurs demeures.

Maurice s'était tout de suite senti attiré vers Vassili dont le visage énergique, le regard franc, révélait une âme loyale et solidement trempée et, dès les premiers jours lui avait décerné le titre d'ami et conféré la charge de confident. Ses propos, tour à tour graves et badins, empreints du plus pur parisianisme, amusaient fort Vassili. Maurice ne s'en montrait pas avare. Il ne lui cachait rien, lui contait ses amourettes, lui disait ses rêves, ses projets d'avenir et ses aspirations artistiques, car Maurice consacrait ses loisirs à l'étude de l'art pictural, et s'était déjà acquis la réputation d'amateur émérite.

Malheureusement, son aimable abandon n'était pas payé de retour, ses confidences restaient sans écho, Vassili demeurait plus fermé, plus énigmatique que jamais. Maurice commençait à s'en offenser un peu, non qu'il put douter de l'amitié du jeune slave, maints petits services rendus, l'obligeaient à croire, qu'en cas de besoin il aurait pu compter sur l'entier dévouement de son ami ; mais sa curiosité, s'avivait de ce mutisme obstiné. Il craignait de ne jamais trouver de solution à ce qu'il appelait son problème vivant, et, déçu, songeait déjà à dédaigner une amitié si peu confiante, quand brusquement, il dut convenir de ses torts et de l'inanité de ses soupçons.

La veille, Vassili lui avait dit tristement son prochain départ, ou mieux celui de toute la colonie que de fâcheux événements exilaient de Paris et même peut-être de France, puis, à la grande stupéfaction de Maurice l'avait invité pour aujourd'hui à prendre le thé, des adieux au milieu de ses amis. Il n'est pas besoin de dire si l'offre fût acceptée avec empressement.

Il allait donc pénétrer dans le sanctuaire, voir et entendre. Quoi? il n'avait même jamais essayé de se l'imaginer. Du reste, à quoi bon. En pareil cas, l'imagination fait presque toujours fausse route; il n'attendait la solution du problème que du hasard seul.

Le lendemain à l'heure dite, il escaladait quatre étages d'un pas leste, et frappait à la porte de ses nouveaux amis. C'est là que nous allons le retrouver, à l'issue d'une conversation où Vassili lui avait confié leur secret à tous, uniquement pour lui prouver que sa réserve n'était pas faite de défiance.

. . . .

— Mon cher Maurice, dit Vassili, vous connaissez maintenant notre vie dans ses grandes lignes vous savez nos craintes et nos espérances, j'ignore si vous nous comprenez bien et nous approuvez, le caractère français étant tellement différent du nôtre. Mais, ce que j'espère du moins, c'est que vous excusez maintenant la réserve que, jusqu'aujourd'hui, j'étais tenu de garder vis-à-vis de vous.

— S'il en est un de nous deux qui doit s'excuser, c'est moi. Une vaine curiosité me poussait à vous poser mille questions détournées, auxquelles, je le comprends, à présent vous ne pouviez ni ne deviez répondre. Quant à vous juger, je m'en déclare incapable, je me contente de vous admirer.

— Vous oubliez mon cher, dit Vassili en souriant

que nous vous demandons plus, votre appréciation que vos compliments.

— Eh ! comment vous répondrais-je ? Vous l'avez lit vous-même, nous autres français nous ignorons tout de vous, vos habitudes, vos us et coutumes, votre caractère, nous sont totalement inconnus. Mais il est cependant une chose, que nous savons ici, c'est que vous pliez sous le poids d'une autocratie qui vous écrase, c'est qu'une censure tyrannique défend à un peuple qui s'éveille, de causer, d'écrire et penser librement. Ce savoir est suffisant à vous concilier l'amitié d'une nation qui se glorifie d'avoir à écrire, quatre-vingt-neuf : dans les fastes de son histoire !

Maurice qui d'ordinaire, dans toutes les conversations de ce genre s'efforçait de se montrer très sceptique et faisait même parade d'un esprit froid et raisonné disait-il, s'était laissé positivement emballer et avait débité cette tirade un peu emphatique d'un ton très convaincu.

Elle fit sur ses auditeurs un effet considérable. Tous les cinq se levèrent, comme mus par un ressort et tendant la main, ne lui dirent qu'un mot : Merci !

Le visage de Maurice trahit une profonde stupéfaction, il cherchait vainement ce qu'il avait pu faire pour mériter une telle reconnaissance.

Un tout jeune homme, au visage imberbe, vêtu de l'ample costume d'artiste, que Vassili deux heures auparavant lui avait présenter sous le nom de Michel Souwarine, se chargea de le lui expliquer.

— Monsieur dit-il, nous attendions les fortes paroles que vous venez de prononcer. Elles ne nous ont pas moins émus. Oui, la France, ou mieux le peuple français n'a jamais ménagé ses sympathies aux opprimés, il s'est toujours montré hospitalier à ceux qui souffrent et gémissent sous l'oppression. La France fut de tout temps la seconde patrie des proscrits.

— Pourquoi faut-il, reprit tristement Vassili, que la diplomatie impose silence à ces nobles sentiments, nous pourrions continuer à vivre ici, paisiblement, puisant à votre Université cette culture intellectuelle qui un jour peut-être sera si utile à notre cause.

— Vous chasserait-on ?

— A peu près, nous sommes sous le coup d'un mandat d'arrêt, la police nous recherche et dans le cas d'une arrestation, l'extradition ne se ferait guère attendre.

— Et alors, ce serait ?

— La Sibérie !...

Maurice frissonna involontairement.

— Mais comment se fait-il ? Que vous reproche-t-on ? On ne peut empêcher un homme de caresser un idéal, et de faire l'impossible pour arriver à sa réalisation.

— Ici, non, là-bas, si !

— Mais vous êtes en France, sous le couvert de nos lois.

— Nous sommes nihilistes, ou du moins, réputés tels, c'est tout dire... Dans son ignorance, le français confond ces deux mots : Nihilisme et Anarchie, son invincible répulsion ne distingue pas.

Maurice était atterré. Pour lui aussi, jusqu'à ce jour, ces deux mots avaient été synonymes, il en comprenait à présent, l'immense différence.

— Vous avez dit-il, envisagé tout à l'heure une hypothèse terrible il est vrai, mais fort improbable, celle où vous seriez découverts, or, votre façon de vivre n'est pas faite pour appeler sur vous l'attention de la police.

— Erreur, mon cher Maurice, reprit Vassili, on apprend chaque jour à vivre. Nous avons commis une grosse faute, nous le comprenons trop tard, vivre calme et paisible au centre même de la turbulence, c'était appeler l'attention, et par conséquent nous perdre.

— Ainsi la police ?

— Est à nos trousses.

— Et que comptez-vous faire ?

— Fuir au plus vite.

— Où ?

— Qu'importe ! Nos convictions nous imposent la dure nécessité de vivre constamment en chevaliers errants !

— Pauvres amis !

— Oh ! ne nous plaignez pas Monsieur, je vous en prie, s'écria Michel avec énergie, cette vie nous l'avons choisie nous-mêmes, librement, de notre plein gré, et nous goûtons, croyez-le une âpre jouissance, à subir les persécutions dont nous sommes l'objet.

— La joie du martyre, murmura Maurice.

— Peut-être, mais c'est, je crois, la plus grande de toutes.

— Vous êtes encore bien jeune pour parler ainsi car il en est au moins une, que vous pouvez encore ignorer mais que vous êtes certainement comme tout homme, appelé à connaître un jour...

— C'est?...

— L'amour !...

Si Maurice, en prononçant ce mot avait compté sur un effet, le résultat dépassa ses espérances, mais pas dans le sens prévu, Michel se leva d'un bloc, le visage contracté, ses yeux lancèrent deux éclairs, et d'une voix vibrante.

— L'amour dit-il n'existe pas, l'amour n'est qu'une invention de poètes hallucinés, une chimère de leurs coupables rêveries.

Maurice, un peu abasourdi, voulut placer une timide objection, Michel ne lui en laissa pas le temps.

— L'amour n'est qu'un masque, une toilette trompeuse, destinée à cacher tout le vil et l'odieux d'un acte bestial !

— Auquel l'homme doit cependant d'exister reprit Maurice.

— Oui, et c'est là sa tare, sa tache originelle.

Maurice était totalement désemparé, les arguments contradictoires se présentaient en foule à son esprit, sans qu'il put trouver un seul mot pour les exprimer. Une semblable thèse, en la bouche d'un

jeune homme, envers qui, précisément la nature
s'était montrée prodigue d'attraits, lui semblait absolument paradoxale. Il eut fallu pour expliquer ces
étranges paroles, et le ton bizarre dont elles avaient
été dites, supposer une violente déception, une peine
de cœur profonde, que le jeune âge de Michel rendait invraisemblable.

Dans le désarroi de son esprit, il espéra que quelqu'un soutiendrait la controverse. Il n'en fut rien, tous
se turent. S'étant tourné vers Vassili, il vit son regard se poser sur Michel, avec un sentiment de profonde tendresse et aussi lui sembla-t-il, d'immense
pitié.

Sa stupéfaction s'en accrut encore.

— Vous disiez, Vassili, que la police française
avait découvert votre retraite ? En êtes-vous sûr ? et
comment le savez-vous ?

— Si nous possédons beaucoup d'ennemis, nous
avons le bonheur de compter aussi quelques amis.
Et, je puis le dire à vous, Maurice, qui en êtes un,
nous avons reçu un avis discret, d'avoir à fuir au
plus vite...

— Fuir ! s'écria Michel, sortant brusquement de sa
rêverie, fuir encore, fuir toujours, comme des vils
malfaiteurs, comme des parias sociaux. Ah ! vraiment à la fin c'en est trop, j'aime la lutte, mais j'ai
horreur du guet-apens.

— Cependant Michel, reprit Vassili, vous l'avez dit
vous-même tout à l'heure, c'est le rôle qui nous est
dévolu.

— Il n'empêche que je sois las, d'une chasse cons-
tante, sans répit, sans merci qui, je le vois ne peut
nullement être utile à notre cause. Puisque nous
n'avons pu trouver en France, tabernacle des liber-
tés, l'asile inviolable que nous espérions, il n'est aucune nation au monde qui puisse être notre port
de salut.

— Et alors ?

— Et alors, je reste ! Je reste ! Je relève mon front
trop longtemps courbé, je dévoile mon nom trop
longtemps caché, et avouant tout, mes théories et
mes espoirs, je dirais à ceux d'ici qui m'arrêteront et
me jugeront : Allons, ne vous arrêtez pas en chemin,
achevez votre œuvre et livrez moi.

— Mais c'est insensé !

— C'est fou !

— C'est la Sibérie !

— C'est la mort !

— Qu'importe, j'aurai du moins, appelé sur moi
et sur ma cause l'attention publique.

— Croyez-moi, dit Maurice, l'attention publique
est indigne d'un tel sacrifice. Vous seriez admiré
certes, mais bien vite oublié, nous avons en France
une locution qui servirait à qualifier votre conduite :
L'héroïsme du désespoir.

— N'importe, je reste !

— Alors, je reste aussi reprit fermement Vassili.

— Nous restons tous.

Maurice, dont les regards étaient plus que jamais
invinciblement rivés sur le visage de Michel crut

y lire une vive contrariété, il eut l'intuition que sa résolution chancelait aussi, bien qu'étranger à la question et même à la discussion, se hasarda-t-il à tenter un effort.

— Monsieur, dit-il, laissez-moi d'abord vous dire mon admiration pour la grandeur de votre caractère, et permettez-moi un conseil. Ne sacrifiez pas votre cause sainte à la beauté d'un geste, laissez nous, à nous autres français, cette sorte de fanfaronade qui parfois peut être sublime mais est trop souvent inutile. Sauvez-vous, si vous le pouvez, par quelque moyen que ce soit, et conservez à la sorte de religion dont vous vous êtes fait l'apôtre l'utile appoint de votre dévouement. Vous l'avez entendu, vos camarades viennent de se solidariser avec vous. Vous livrer serait les livrer tous.

Michel hésitait visiblement.

Vassili porta le dernier coup.

— Si votre résolution est fermement prise Michel, que cette considération ne vous retienne pas. Vous savez combien peu de cas nous faisons de la vie, nous serions heureux de nous sacrifier à vous. Mais finir ainsi serait, je le crains, considéré comme un aveu de découragement.

Michel eut un geste de dénégation.

— Oh! ne protestez pas, je connais, nous connaissons tous votre courage... Mais les forces humaines ont des bornes, et les épreuves ont été si rudes qu'il vous serait bien permis de perdre courage. Vos moyens physiques...

Un regard impérieux de Michel, arrêta court la phrase. Vassili se tut et sembla atterré de ce qu'il avait dit et surtout de ce qu'il allait dire.

Maurice pressentit un nouveau mystère mais il n'osa interroger. Du reste, il lui avait semblé, tout à l'heure dans le récit de Vassili sentir quelques réticences, certains faits insuffisamment expliqués, lui avait fait supposer qu'il ne connaissait qu'une partie de la vérité. Cette courte scène confirma sa pensée.

Il comprit que cette part de secret était particulière à Michel, qu'elle visait sa vie antérieure, qu'elle serait certainement des plus intéressantes à connaître, mais qu'il y fallait renoncer. Les jeunes gens allaient partir, peut-être demain, peut-être cette nuit même, et il était sans doute destiné à ne jamais les revoir.

Dès lors à quoi bon prolonger l'entretien, se continuant, il devenait gênant pour tous.

Il se leva et, très ému, commença ses adieux.

Vassili lui promit de trouver un moyen quelconque de lui donner de leurs nouvelles sans éveiller l'attention de la police.

Maurice de son côté, les assura de son entier dévouement, souhaitant que les circonstances lui permissent d'en faire preuve.

Enfin, les yeux un peu gros de pleurs, dissimulés à grand'peine, Maurice prit congé de ses hôtes et lorsque, retombant lourdement, la porte de la rue les sépara, il se prit à songer :

Ce qu'il venait d'entendre et surtout, ce qu'il avait

cru surprendre, laissait à son imagination un vaste champ libre. Les suppositions, les hypothèses, toutes plus invraisemblables les unes que les autres, se présentaient en foule à son esprit. Il ne tarda pas à s'apercevoir de leur absurdité et, las de chercher le mot d'une énigme peut-être chimérique, il se promit de penser à autre chose, alluma un cigare et, passant la porte de sa demeure, descendit vers le quartier latin.

II

S'acharnant à concentrer toute sa pensée sur la conception d'un tableau symbolique qu'il avait depuis longtemps en tête, Maurice fit de louables efforts pour se tenir parole et écarter son idée fixe.

Elle l'eut pourtant inévitablement reconquis, si l'animation du boulevard Saint-Michel n'était venue, fort à-propos, lui offrir une diversion salutaire.

A peine avait-il fait quelques pas sur cette voie si chère à toute la jeunesse, dite studieuse, qu'il se sentit prendre le bras sans façon, ce pendant qu'une voix connue lui criait à l'oreille :

— Enfin, mon cher, je vous retrouve ! En vérité, tout le monde vous croyait mort.

S'étant retourné, Maurice reconnut en son interlocuteur, un membre d'un petit cénacle qui d'ordinaire, tenait ses réunions à la « Source », et qu'avant sa liaison avec Vassili, Maurice fréquentait assidûment.

Il ne fut pas fâché de cette rencontre, qui allait
certainement donner un nouveau cours à ses idées ;
aussi fût-ce d'un ton plutôt joyeux qu'il répondit :

— En effet, mon cher Vildieu, je vous ai un peu
négligés tous depuis quelque temps, j'étais très
occupé...

— Le travail ?

— Le travail.

— Hum ! Hum ! Je suis sceptique...

— Pourquoi ? Vous ne me croyez pas capable de
travailler ?

— Si ! Oh ! si... je vous ai même toujours considéré
comme un bûcheur. Il n'est pas donné à tout le
monde d'unir à la science d'Esculape, l'art des Ra-
phaël et des Rembrandt.

— Quoi ! Vildieu, des compliments ? Je ne vous reconnais plus.

— Bah ! il n'est que dix heures, nous avons encore
grandement le temps de nous disputer avant la fin de
la soirée.

— Ne comptez pas trop sur moi...

— Parce que ?...

— Je ne me sens pas très en train, et vous ris-
quez fort de ne pas trouver en moi, l'antagoniste sérieux que vous espériez peut-être, vous en serez pour
vos frais de paradoxes. Vous les cultivez toujours ?

— Plus que jamais !

— Allons tant pis.

— Mon cher Gerbaut, vous nous revenez avec un

air bien étrange. Gageons que vous êtes amoureux !
Contez-moi ça ?

— Moi ! amoureux ! Vous voulez rire !

— Vous niez ? donc j'ai deviné juste.

— Singulier raisonnement...

— Très logique au contraire... L'homme amoureux.....

— Ah ! non... non inutile, je vous fais grâce de la
démonstration. Niais que je suis, je n'avais pas deviné
l'amorce, j'ai donné dans le piège.

— Il n'y avait rien de prémédité, je vous assure.
Vous perdrez beaucoup à ne pas m'écouter. Enfin,
n'importe, niez ou ne niez pas, je n'en suis pas moins
certain d'être dans le vrai. Vous êtes amoureux, et
comme vous affectez la discrétion, l'objet de votre
amour est marié. Est-il jaloux ?

— Qui ça ?

— Le mari parbleu.

— Vraiment Vildieu vous êtes insupportable puisque je vous répète...

— Bon... bon... je n'insiste pas... Où allons-nous ?

— Mais... à la Source.

— Il est trop tôt, nous n'y trouverions encore personne...

— Eh ! bien entrons au d'Harcourt, en attendant.

— Soit.

Maurice et Vildieu étaient très connus des habitués
de cet établissement, aussi durent-ils dès l'entrée,
distribuer force poignées de main. Vildieu n'ayant
que l'embarras du choix, hésitait sur la table où s'ins-

taller. Mais Maurice que, décidément, le démon de
la conversation ne tourmentait pas ce soir, l'entraîna
presque de force vers le fond du café.

Vildieu, un peu surpris, allait demander des explications lorsqu'il aperçut le but de Maurice.

Tout au fond, à une table solitaire, une jeune femme
en corsage clair était assise en face d'un bock encore
plein, paraissant fort absorbée dans la lecture d'un
« amusant » quelconque.

— Emma ! ne put s'empêcher de murmurer Vildieu
qui s'arrêta net.

— *Oui*, répliqua simplement Maurice, qui continua
à entraîner son ami vers la table du fond.

— Et... vous allez lui causer ?

— Pourquoi pas ?

Vildieu se laissa entraîner, positivement abasourdi.

Emma était une jeune femme de vingt-deux ou
vingt-trois ans, au visage gracieux et chiffonné, aux
yeux bleus, clairs et malicieux, prompts à déceler le
sourire comme à trahir les larmes.

Elle avait l'esprit vif, la répartie facile, et point
vulgaire, aussi était-elle fort choyée par la clientèle
intellectuelle du d'Harcourt, son café de prédilec-
tion. Nullement intéressée, aimant pour la joie d'aimer, sans jamais s'inquiéter si son nouvel amant lui
apporterait le luxe ou la misère, elle était en résumé,
un des derniers et rares specimens de la grisette chère
à Murger.

Elle avouait avoir eu de nombreux amants, mais un
seul amour réel. Elle avait aimé et aimait encore

passionnément Maurice Gerbaut, notre jeune héros.

Lui, de son côté, s'imagina trois mois durant, ressentir pour Emma une violente passion. Cependant, l'inévitable lassitude étant venue, il dut reconnaître que ce qu'il avait pris pour un fol amour n'était, de son côté du moins, qu'une simple amourette. Il rompit sans scrupules, insensible aux larmes et aux supplications de sa maîtresse.

Dès lors, il évitait avec soin de se trouver en sa présence. Il éprouvait, à se sentir en face d'elle, une sorte de gêne, croyant toujours lire dans ses yeux un reproche muet. Depuis longtemps, elle avait cessé de le poursuivre de ses assiduités, affectant dans leurs rares rencontres de le traiter en camarade. Elle avait pris un nouvel amant et, de les voir ensemble, cela agaçait Maurice au suprême chef, sans qu'il se rendît bien compte pourquoi.

Or, seule, à cette heure, dans ce coin solitaire, elle ne pouvait qu'attendre son amant, et cependant Maurice allait vers elle d'un pas ferme.

Cela ne pouvait que stupéfier Vildieu, qui n'ignorait rien de leur histoire.

Il suivit néanmoins Maurice, heureux intérieurement d'assister à une petite scène qui pouvait être fertile en remarques paradoxales. C'était une belle moisson en perspective.

Il fut déçu.

Ayant levé la tête et reconnu parmi les arrivants, son cher Maurice, Emma ne fut pas maîtresse d'un léger frisson. Pourtant elle se remit vite et, compre-

nant, par cette sorte d'intuition naturelle à la femme,
que seule, une circonstance grave pouvait lui ramener
son ancien amant, elle s'abstint d'interroger. Ce fut
d'un geste et d'un ton très naturels qu'elle tendit la
main et répondit au bonjour de Maurice par un :
comment va ? très calme.

... La conversation d'abord nécessairement banale,
remonta bien vite vers le cher passé. Ils entamèrent
le chapitre : souvenirs.

Dès lors ce ne furent que des : « Te souviens-tu ? »
attendris, des « Eh bien ! et le jour où ?... etc. », qui
peu à peu secouèrent des cendres que tous deux
croyaient bien froides, laissant apparent un foyer
encore incandescent.

Vildieu s'ennuyait ferme. Cette évocation ne lui
laissait aucun espoir de prendre à la conversation
une part active ; il n'eut plus qu'un désir : filer.

Aussi bientôt, n'y tenant plus, il prit congé d'Emma
en s'excusant d'un rendez-vous, pria Maurice de le
rejoindre à la Source et partit.

Les deux anciens amants restèrent en tête-à-tête.

Emma, malgré sa joie, était pourtant quelque peu
inquiète, son amant pouvait arriver d'un moment à
l'autre, et elle ne souciait pas de le voir se rencontrer avec Maurice.

Malgré toute sa dissimulation, celui-ci devina sa
pensée.

Il se rendit bien compte qu'il n'avait qu'un mot à
dire pour qu'Emma le suivît.

Il ne voulut cependant pas abuser de son avantage

et se contenta de lui donner rendez-vous pour le lendemain dix heures du matin chez lui, afin de pouvoir
déjeuner ensemble.

Emma accepta, et après une poignée de main prolongée, ils se quittèrent sur un : A demain ! gros de
promesses.

Dehors, Maurice eut tout d'abord l'intention d'aller
retrouver Vildieu à la Source, puis il réfléchit qu'il
ne pouvait espérer tirer grande distraction de cette
visite et, rembroussant chemin, remonta le boulevard
Saint-Michel pour rentrer chez lui.

Maurice habitait rue Vauquelin, à deux pas de la
rue Claude-Bernard. A pas lents, il s'achemina donc
vers la rue Gay-Lussac, réfléchissant au hasard qui
venait de le remettre en présence de son ancienne
maîtresse, aux propos qu'ils avaient échangés tous
deux et enfin, au rendez-vous qu'il venait de lui donner.

Laissons-le donc remonter doucement, songeant
tour à tour à ses amours passées et futures, et occu-
pons les quelques loisirs qu'il nous accorde à donner
à nos lecteurs sa biographie vivement esquissée.

Maurice Gerbaut était natif de Magny-en-Vexin,
charmante petite ville mi-parisienne, mi-normande,
située aux confins des départements de Seine-et-Oise,
de l'Oise et de l'Eure.

Ses parents, après avoir fait dans le commerce de
la graineterie, une fortune assez rondelette, s'étaient
retirés des affaires. Son père qui, toute sa vie, avait
carressé le rêve d'occuper un jour une fonction pu-

blique, eut la joie d'être, dès les premiers jours de sa retraite, élu conseiller municipal. Il en conçut un grand orgueil et, conséquence toute naturelle, son ambition s'accrut de ce premier succès.

Cependant, en homme pratique et conscient de sa propre valeur, il se reconnut incapable de faire la moindre action d'éclat, la moindre découverte susceptible d'attirer sur lui l'attention du monde civilisé. Et pourtant, ce fils de paysan, qui, à force de travail, avait contraint la fortune à lui sourire un peu, rêvait de voir la célébrité s'emparer de son nom, il se déchargea sur son fils du soin de mener à bien cette tâche difficile.

Il lui fit donner une instruction solide, le mit dans un lycée parisien et, dès qu'il eut obtenu ses deux « bachots », brillamment du reste, manifesta et même imposa son désir de le voir embrasser la médecine.

Maurice, si son père l'eût consulté, n'aurait probablement pas choisi cette carrière. Tout jeune, il avait montré de grandes aptitudes pour le dessin, et sa vocation était la peinture.

Néanmoins, il se soumit sans murmurer à l'autorité paternelle. Courageux, travailleur, il se promit de mener de front l'art et la science, et se tint parole.

Ce ne fut pas sans peine, certes. Les connaissances multiples que l'on exige actuellement d'un jeune docteur, ne s'acquièrent qu'au prix d'un labeur obstiné. Les moments de loisirs sont rares.

Malgré cela, servi par une intelligence supérieure,

par une mémoire quasi-prodigieuse, Maurice sut en trouver suffisamment pour cultiver son penchant naturel. Son père se montrait envers lui assez large, au moins au point de vue pécuniaire. Ses ressources lui eussent permis de louer un coquet appartement sur le boulevard Saint-Michel. Au lieu de cela, il préféra s'écarter un peu de cette grande voie, et choisir rue Vauquelin, au cinquième étage, un logement modeste mais possédant, avantage inestimable pour lui, un vaste atelier vitré. Un photographe, le précédent locataire, avait, avec la permission du propriétaire, remplacé le zinc du toit par des vitres, afin d'avoir le maximum de jour. Mais à fin de bail, les affaires n'étant pas prospères, il dut abandonner son installation, dont Maurice profita pour se livrer à l'étude de son art favori.

Il atteignit, sans presque s'en apercevoir, la rue Vauquelin, l'esprit absorbé par les multiples réflexions que nous avons dites.

La rencontre d'Emma avait totalement chassé de sa pensée le souvenir de Vassili et de ses compagnons.

C'est à peine si, par instants, passait devant ses yeux comme un éclair, la vision de la scène à laquelle il avait eu tant de mal à s'arracher deux heures auparavant.

A cet âge, les impressions quelque fortes qu'elles soient, sont brèves et tiennent peu, devant un souvenir d'amour.

Il avait, d'instinct, choisi le meilleur dérivatif et sa victoire sur lui-même eût été complète si le hasard ne l'eût malicieusement fait rentrer pour assister à une scène qui remit les choses à leur point de départ.

A peine eût-il tourné l'angle de la rue Claude-Bernard, qu'il croisa trois fiacres filant à toute allure. Sur le siège de chacun d'eux, à côté du cocher, se trouvait un individu, dont l'accoutrement trahissait la profession sans méprise possible.

Aucun doute n'était permis, une descente de police venait d'avoir lieu, et ces voitures roulaient vers le Dépôt.

Saisi, Maurice s'arrêta net, un long frisson lui coula le long du corps.

Il se rappela les craintes de ses amis, et eut de suite l'intuition de ce qui venait de se passer.

Comme pour confirmer son idée, dans l'ombre, çà et là, il vit briller l'argent de quelques uniformes. Des gardiens de la paix erraient avec une nonchalance affectée, sans pourtant perdre de vue la maison de ses amis.

Ainsi, c'en était fait, ce qu'il considérait à peine comme une éventualité, était à présent un fait accompli.

Ces jeunes gens, ces enfants presque, que son imagination, sans être bien loin de la vérité, lui représentait comme des héros, étaient à cette heure traînés en prison, tels d'odieux malfaiteurs.

C'en était trop, tout son être se révolta contre une pareille injustice.

Il eut la velléité de courir après ces fiacres, de sauter aux naseaux des chevaux, de susciter un attroupement à la faveur duquel les prisonniers eussent peut-être pu fuir. A peine avait-il fait trois pas qu'il reconnut l'absurdité d'un pareil projet.

Il ne pouvait avoir qu'un résultat, le faire arrêter, et, par conséquent, priver ceux qu'il voulait sauver d'un concours qui, orienté autrement pouvait leur être utile.

Son arrêt brusque, sa tentative de retour précipité avait attiré l'attention des agents qui déjà convergeaient vers lui, avec une précision de tactique inquiétante.

Maurice s'en aperçut ; avec une grande présence d'esprit qu'on n'était pas en droit d'attendre de son état, il simula le monsieur qui croyait avoir perdu son portefeuille et vient de le retrouver. Puis, continuant sa route d'un pas paisible, arriva devant chez lui, sonna et, la porte ouverte, se hâta d'entrer.

Seulement, dès qu'il fut seul, dans l'ombre de l'escalier, loin des regards inquisiteurs, son calme fit place à une violente exaltation.

Son impuissance l'exaspérait.

Comment! il avait assisté, ou presque, à l'arrestation arbitraire (il la considérait ainsi) de ses amis, et n'avait rien fait, rien tenté pour leur venir en aide?

Il se reprocha d'avoir eu peur et se traita de lâche.

Trop sévère envers lui-même, il qualifia le sentiment de sagesse qui avait retenu son élan, de mauvaise défaite, que seule la poltronnerie lui avait suggérée.

Maugréant ainsi, il gravit ses cinq étages, se promettant de passer la nuit entière s'il le fallait, à combiner un plan et de ne prendre aucun repos qu'il n'eût trouvé le moyen d'arracher à la police Vassili et les siens.

Cette résolution fermement prise, il se sentit l'esprit plus calme, ouvrit sa porte et se mit en devoir de traverser son atelier pour aller chercher une bougie qu'il se souvenait avoir laissée à l'autre extrémité, sur un meuble.

Il connaissait naturellement fort bien la disposition des lieux et l'emplacement de tout ce qui pouvait entraver sa marche tâtonnante, et cependant, à peine eut-il fait trois pas dans la pièce, qu'il heurta du pied contre un obstacle imprévu. Maurice se baissa et chercha par le toucher à en reconnaître la nature. Il se releva brusquement, pris de terreur, sa main venait de rencontrer un corps humain, ses doigts étaient humectés d'un liquide tiède qui ne pouvait être que du sang.

Affolé, il courut dans la chambre contiguë chercher une allumette, la frotta, et, revenu dans l'atelier, constata à sa lueur tremblotante, qu'en effet un homme gisait à terre, la figure baignant dans une mare de sang.

Tout tremblant, il parvint alors à allumer sa bougie, et revenant près du corps, voulut s'assurer s'il vivait encore! mais cette fois il laissa échapper un cri, qu'il avait eu tant de peine à réprimer tout à l'heure.

Il venait de reconnaître dans ce blessé, dans ce mort peut-être, Michel Souwarine, le jeune étudiant russe, encore vêtu de son costume d'élève des beaux-arts.

III

Maurice crut tout d'abord être le jouet d'une hallucination, fruit de l'abondante pensée qui, toute la soirée, avait occupé son esprit.

Comment admettre, en effet, qu'il put trouver chez lui, dans son atelier, dont il venait d'ouvrir l'instant d'auparavant, la porte fermée à double tour, le corps ensanglanté de Michel Souwarine ?

Et cependant il le voyait là, à ses pieds. Il n'en pouvait croire ses yeux.

La stupeur l'immobilisait, il n'osait aucun geste, espérant et redoutant à la fois de voir s'évanouir la cruelle vision, car c'eût été la confirmation de l'inquiétant état d'hypnose où il croyait se trouver.

Cependant, au bout de quelques instants, il remarqua çà et là, autour du corps, une quantité d'éclats de verre, semblant les débris d'une vitre brisée ; ce fut une révélation ! Il leva vivement les yeux et aperçut au plafond vitré de son atelier une vaste excavation béante.

Dès lors, il comprit tout, et rapide comme un éclair,

vit se dérouler devant ses yeux toutes les péripéties
du drame.

Michel, fidèle à sa parole, devait avoir tout tenté
pour échapper à la police, et leurs maisons étant
mitoyennes et de même hauteur, il avait dû, pour
fuir, choisir le chemin des toits. Malheureusement,
une épaisse couche de poussière l'avait empêché de
deviner le vitrage qui, cédant sous son poids, l'avait
laissé choir dans l'atelier.

Cette version expliquait la faction prolongée des
agents dans la rue.

Dès qu'il eût compris, Maurice s'agenouilla vivement près du corps et ausculta le cœur, qui battait
encore, Michel n'était qu'évanoui. Il importait donc
de reconnaître au plus tôt la nature des contusions
et de panser les blessures, qui devaient être sérieuses,
à en juger par la perte de sang qu'elles avaient occa-
sionnée.

Ces soins étaient du ressort de Maurice qui, on
s'en souvient, était élève en médecine.

L'événement lui apparaissant à présent tout naturel, il reprit son calme, et l'ami s'effaça pour faire
place au docteur.

Après avoir à la hâte troqué sa bougie contre une
lumière plus vive, il reconnut d'abord à la tête deux
plaies assez profondes, une au sommet du crâne,
l'autre à la naissance du cou.

Néanmoins, ces blessures n'étaient guère dangereuses, et il n'y aurait pas lieu de s'inquiéter si l'examen du corps n'en révélait pas de plus graves, ce

dont il fallait se rendre compte le plus vite possible.

Pour ce faire, il saisit Michel le plus délicatement possible, s'extasiant malgré lui sur la régulière beauté de ce visage d'adolescent, sur la sveltesse de ce corps sculptural, le déposa sur son lit avec mille précautions et se mit en devoir de le déshabiller aussitôt.

Une nouvelle stupéfaction l'attendait.

A peine eût-il déboutonné la vareuse et entr'ouvert le plastron de chemise, pour constater s'il ne s'était brisé aucune côte dans sa chute, qu'il s'arrêta cloué sur place par un profond ahurissement.

A ses yeux émerveillés venait d'apparaître une ravissante poitrine de femme, aux seins opulents d'une blancheur d'albâtre.

Pour la seconde fois en dix minutes, Michel se crut le jouet d'un rêve.

Ainsi, ce prétendu jeune homme était une femme. Cette mâle résolution qu'il avait tant admirée dans le cours de la soirée, était l'apanage d'une jeune fille, presque d'une enfant, c'était à confondre l'esprit.

Maurice s'expliqua immédiatement les réticences de Vassili, et tous les points obscurs de son récit lui apparurent à cette heure fort compréhensibles.

Il comprit de même l'intérêt qu'il avait immédiatement porté à Michel. L'instinct du cœur avait à son insu deviné la femme, là où ses yeux abusés par les apparences n'avait vu qu'un jeune étudiant.

N'importe, homme ou femme, il y avait là une créature humaine à qui Maurice devait ses soins, ce n'était guère le moment de philosopher. Seulement, la situation était fort embarrassante. Il ne pouvait en effet continuer à dévêtir Michèle. (Nous ajouterons désormais un *e* à son nom). La jeune fille s'en fut sans doute offusquée au sortir de son évanouissement. De plus, elle aurait compris qu'il était en possession de son secret. Et Maurice, par délicatesse, voulait le lui laisser ignorer.

Il n'y avait donc qu'un moyen : la rappeler à elle le plus tôt possible et remettre à plus tard l'examen des blessures. Il alla chercher quelques sels et les lui fit respirer.

Au bout de peu d'instants Michèle entr'ouvrit lentement les paupières et promena autour d'elle un regard d'abord hagard, puis curieux, puis inquiet.

— Où suis-je ? Que s'est-il passé ? articula-t-elle faiblement.

— Tranquillisez-vous, vous êtes chez un ami, vous êtes sauvée.

Elle fixa sur lui ses grands yeux noirs, où revenait lentement l'intelligence. Bientôt le souvenir lui revint.

— Mais... est-ce un rêve ? Vous êtes Monsieur...

— Maurice Gerbaut, oui, vos souvenirs sont exacts.

— Comment se fait-il ? Monsieur, encore une fois, je vous prie, où suis-je ?

— Chez moi.

— Mais pourquoi ? Pourquoi ?... Ah ! attendez... oui, je me rappelle... C'est cela... la police... la fuite... les toits... puis... je ne me souviens plus... Et mes

amis, mes frères, que sont-ils devenus ? Oh ! je vous
en supplie, Monsieur, renseignez-moi !...

Maurice jugea que l'état fiévreux de la jeune fille
ne lui permettait pas de la renseigner. Il répondit
évasivement qu'il ignorait leur sort, mais s'en infor-
merait au plus tôt. Fort heureuseusement, Michèle
n'insista pas, elle n'était pas encore en complète possession de son esprit, bien que sa lucidité s'accrut de
minute en minute.

— Mais Monsieur, moi ! comment suis-je ici ? Où
m'avez-vous recueillie ?

— Ici même.

— Chez-vous ?

— Chez moi.

— C'est impossible.

— Si, je vous donnerai l'explication de ce qui
vous semble être un mystère, plus tard, tout à l'heure,
si vous êtes raisonnable. Pour le moment, nous
avons mieux à faire que de bavarder. Vous êtes blessée ?

— C'est vrai... Pourquoi suis-je blessée ?

— Je vous le répète... je vous le dirai... plus tard,

— Allons... je me résigne... Et suis-je blessée gravement ?

— Mais...

— Oh ! reprit Michèle en souriant tristement, vous
pouvez me parler franchement et me dire toute la
vérité... Je ne crains pas la mort...

Vous en êtes encore bien loin, Dieu merci. Les
deux blessures que vous vous êtes faites à la tête, ne

sont que de légères contusions, déchirures du cuir chevelu... Seulement, continua Maurice en cherchant ses mots, j'ignore si... le reste du corps n'a pas souffert...

Malgré tous ses efforts, son embarras, maladroitement dissimulé, n'échappa pas à Michèle... Elle le regarda très fixement, les yeux dans les yeux, et lentement le questionna.

— Oserai-je vous demander, Monsieur, puisqu'il m'en souvient, vous êtes docteur ou presque? Pourquoi, après avoir examiné mes blessures apparentes, vous n'avez pas poussé plus loin vos investigations?

A cette question directe, Maurice se troubla tout à fait... Il chercha vainement une excuse, une explication quelconque, et... n'en trouvant pas, chercha à éluder la question.

Michèle ne fut pas dupe.

Elle l'arrêta dès les premiers mots.

— Je vous en prie, vous venez de me sauver la vie peut-être, mieux encore, la liberté; car, auprès de vous, je le sens, je suis en sûreté. Dès lors, je voudrais, je veux, j'exige qu'il n'y ait entre nous aucun compromis, aucune dissimulation, aucun mystère. Vous connaissez mon secret... Oh! ne niez pas, votre trouble me l'indique clairement... Le hasard, la fatalité vous l'a livré. Ou plutôt non, je devine, c'est votre dévouement qui vous l'a fait découvrir... Et par délicatesse, dès que vous avez su que ce sexe, dont je me réclamais, n'était point le mien, vous avez cessé vos recherches dans la crainte d'offenser ma pudeur.

— Mon Dieu! Mademoiselle, puisqu'il me faut avouer, c'est en effet le sentiment qui m'a fait surseoir à ce que cependant, mon devoir de docteur exigeait...

— Si vous m'aviez mieux connue, vous n'auriez pas agi ainsi...

— Comment!...

— Dame! croyez-vous donc qu'en quittant le corsage et la jupe, j'ai conservé la faiblesse et la timidité féminine. C'eût été un non sens. Le costume sans l'âme... allons donc, un déguisement trivial. Non, je n'ai revêtu la culotte que lorsque je me suis sentie débarrassée à jamais de la pusillanimité, triste apanage de la femme, éternelle entrave à son évolution.

Aussi donc, puisque je veux vivre et que pour cela j'ai besoin de vos soins, pas de fausse honte...

... Ce disant, elle sauta du lit où l'avait transportée Maurice, et, avec une énergie dont on n'aurait pu la croire capable, étant donné son état de faiblesse, elle se dévêtit vivement.

Tour à tour, veston, pantalon, gilet, chemise, etc., jonchèrent le tapis... et bientôt, Michèle entièrement nue, apparut aux yeux de Maurice émerveillé.

Jamais, en ses rêves d'artiste, alors qu'il évoquait pour quelque toile, le souvenir des déesses et des beautés antiques, jamais son imagination pourtant fertile, ne lui avait montré pareille image.

A la pureté des lignes, se joignait la grâce du maintien, à l'admirable carnation des chairs, la parfaite beauté des formes.

Droite, immobile, le regard fixe et brillant, dont la fièvre rehaussait encore l'éclat habituel, elle semblait incarner l'être esthétiquement parfait.

L'artiste fut ébloui, l'homme bouleversé. Le désir, brutal, impérieux, envahit tout son être. Sous son irrésistible poussée, il fit un pas, les bras étendus pour étreindre ce corps, que sa supériorité musculaire mettait à sa merci, pour répondre enfin au suprême défi qu'elle semblait lui jeter.

Le moral cependant triompha du physique. Au prix d'un effort surhumain, il parvint à se ressaisir. Le cerveau eut raison des sens, leur imposa sa volonté, et l'homme disparut à son tour pour faire place au docteur.

... Michèle avait en somme peu souffert de sa chute. Ses blessures à la tête étaient peu dangereuses, nous l'avons dit, et le reste du corps ne portait que quelques ecchymoses, dont un traitement habile aurait vivement raison. Une seule chose inquiétait Maurice, l'état de surexcitation de la malade. L'accident et les événements tragiques qui l'avaient précédé, étaient, il est vrai, suffisants à l'expliquer. Il n'en demeurait pourtant pas moins alarmant.

La fièvre cérébrale était à craindre. Après un pansement sommaire, il fit coucher la malade, en proie déjà à un commencement de délire qui, fort heureusement, ne s'affirma pas. Elle divagua quelques mi-

nutes, puis tomba dans un profond état de prostration.

Maurice put alors réfléchir à sa situation.

Elle était fort délicate et fort embarrassante.

Tout d'abord, il pouvait, la chose étant connue,
s'attirer de graves ennuis, à recueillir, hospitaliser,
soigner une femme que la police recherchait et qui
avait eu l'insigne audace de la jouer en lui glissant
entre les mains.

Mais ces risques n'étaient pour lui qu'une considération secondaire, ils ne pouvaient retenir longtemps
son attention.

Un autre problème se posait à son esprit, infiniment plus complexe et plus difficile à résoudre pour
qui connait à fond la vie parisienne.

En effet, il ne pouvait, sans craindre des commé-
rages fort dangereux, solliciter l'aide d'aucune voi-
sine.

La prudence lui interdisait également de faire
appel à l'expérience et au dévouement d'une garde-
malade, car c'eût été attirer sur son intérieur l'attention, la curiosité publique toujours en éveil, et
presque inévitablement les perdre tous les deux
Michèle et lui.

Il fallait au contraire laisser ignorer à tous la présence chez lui d'une femme malade et pourvoir seul
à tous les soins méticuleux et souvent intimes qu'exi-
gerait l'état de la jolie blessée.

Ces soins, pour matériels qu'ils étaient, ou plutôt
qu'ils allaient être, rentraient beaucoup, il est vrai,

dans les attributions du docteur et cependant Maurice s'en effrayait.

Pourquoi?

C'est qu'il commençait à s'en rendre vaguement compte : l'intérêt qu'il avait porté tout d'abord à Michèle n'était pas uniquement fait de curiosité, comme il l'avait cru, alors qu'il ne voyait en elle qu'un jeune homme, qu'un camarade. Un sentiment plus tendre s'y était glissé, d'abord vague, insensible, il avait pu croître insoupçonné, sous le couvert de l'anonymat sexuel de Michèle.

Le coup de théâtre de la révélation avait brusquement accru ce sentiment. Et, à cette heure, il ne pouvait chercher plus longtemps à se le dissimuler, il était amoureux de Michèle.

Amoureux! Maurice avait cru souvent l'être; à chaque nouvelle liaison, il s'avouait à lui-même : « Cette fois, c'est fait, je suis pris ». A chaque rupture, il devait convenir que ce qu'il avait pris pour une folle passion, n'était qu'une amourette toute ordinaire, incapable de retenir longtemps son attention vagabonde, ni d'occuper une place prépondérante en son cœur trop hospitalier.

— Amoureux! Dieu que c'est bête... et cependant c'est indéniable... je le suis et bien encore! monologuait Maurice sans pouvoir quitter des yeux le visage fin et délicat de Michèle qui, maintenant, reposait paisiblement.

Il ne pouvait qu'attendre son réveil. Dans son impatience Maurice le souhaitait prompt. C'était là le désir de l'homme. Le docteur, au contraire, convenait que le sommeil se prolongeant ne pouvait qu'être salutaire à la malade.

Ainsi se heurtaient constamment en lui l'individu et le praticien.

Commodément assis dans le moelleux fauteuil qu'il avait amené près du lit où reposait Michèle, il partit pour le « royaume des songes » carressant un doux rêve. Il avouait à sa malade, enfin guérie le fol amour qui emplissait son âme et avait l'immense satisfaction de la voir accueillir sa tendre confidence, la lèvre fleurie d'un doux sourire.

La lampe, quelques instants encore les inonda de sa vive clarté... Puis, faute de combustible... elle baissa... baissa... et finalement s'éteignit...

Le silence et l'ombre régnèrent à nouveau dans la pièce où reposaient ces deux êtres de complexions si différentes, poursuivant en rêve la conquête d'un idéal. Et chose extraordinaire, cet idéal était politique pour la femme et intime pour l'homme. Il pouvait, pour elle, se résumer en deux mots : Justice et liberté ! Pour lui : Amour et bonheur ! La fatalité avait une fois encore pris un malin plaisir à renverser les rôles.

. . . .

A la même heure, Vassili et ses compagnons étaient au dépôt, traités en véritables criminels. Leur arrivée tardive, en pleine nuit était peu faite pour leur concilier l'aménité de leurs geôliers.

Ces fonctionnaires, contraints d'interrompre leur sommeil pour reconnaître les nouveaux pensionnaires, ne cherchaient pas à dissimuler leur mauvaise humeur.

Aucune humiliation ne leur fut épargnée. Les jeunes gens les subirent avec un stoïcisme rare, qui quelques secondes eut le don d'interloquer leurs gardiens. Il est juste d'ajouter que leur surprise fut courte, fort peu psychologues, ils taxèrent leur calme, de cynisme, et tout fut dit.

Mais, celui qui eût su lire sur leurs visages impassibles et froids les pensées intimes qu'ils cachaient comme sous un masque, celui-là aurait été bien étonné d'y trouver, non la tristesse et la résignation, mais au contraire la joie et l'espérance.

La joie, de savoir que l'un deux et lequel ! avait échappé aux poursuites...

L'espérance, qu'il saurait conserver la liberté, et continuerait à travailler utilement au triomphe de leurs idées. Ils ne semblaient pas se rendre compte que ces mêmes idées allaient leur valoir un exil peut-être éternel, dans les steppes désolées de la Sibérie orientale.

Michèle avait fui. Michèle était sauvée; le reste ne comptait pas.

Aucun ne voulait se souvenir, qu'en fait elle n'était qu'une femme, qu'une simple femme. Ils oubliaient son sexe, pour ne se rappeler que de son énergie et de son indomptable volonté.

Lorsque furent achevées les diverses formalités,

ils durent, sur l'injonction des geôliers, gagner la cellule qui leur était attribuée. Un muet serrement de mains fut tout leur « au revoir »; tout leur « adieu ».

Ils s'éparpillèrent lentement dans les noirs couloirs de la vaste prison, sans savoir si la destinée leur permettrait jamais de se revoir.

IV

Maurice fut brusquement réveillé par un violent coup de sonnette. Ouvrant les yeux il s'aperçut qu'il faisait grand jour, jetant ses regards sur la pendule, il y lut 10 heures et demie. Cela le surprit d'autant qu'il eût juré n'avoir pas dormi plus de dix minutes. Il n'eut besoin d'aucun effort de mémoire pour se rappeler les incidents de la nuit qui se présentèrent à son esprit nets et précis, nullement brouillés par période de demi-lucidité qui presque toujours suit un brusque réveil.

Le visiteur semblait s'impatienter, car la sonnette résonna une seconde fois, agitée nerveusement.

Il fallait aller ouvrir.

Maurice s'y décida, non sans avoir jeté un regard inquiet sur Michèle que ce tintamarre n'avait pas troublée, et qui continuait à reposer paisiblement.

Ce ne fut pas sans craintes qu'il se dirigea vers la porte ; une visite aussi matinale lui semblait de mauvais augure.

Il ouvrit et ne put retenir un cri de surprise :

— Emma !

— Elle-même, mon chéri, tu le vois je suis exacte...
ou presque... à peine dix minutes de retard... Eh !
bien quoi ? tu ne m'embrasses pas ? Tu me laisses là,
à la porte... comme un créancier.

— Pardon... pardon... entre... entre donc.

— Vraiment on jurerait que tu es étonné de me
voir, que tu n'attendais pas ma visite... Tu as peut-
être cru que je ne viendrais pas ! Gros bêta va ! si tu
savais au contraire combien j'avais hâte de te revoir.
Tu vas bien ?

Ce disant elle était entrée sans façons dans l'atelier, dont, fort heureusement, Maurice avait fermé la
porte de communication avec la chambre où dormait
Michèle.

Brusquement, elle éclata de rire.

— Non, vrai, parole d'honneur, tu as l'air bête !

L'observation d'Emma, pour être un peu trop
franche, n'avait cependant rien d'exagéré. Positivement, Maurice avait « l'air bête ».

Les surprises, les tracas de cette nuit mémorable,
lui avaient fait complètement oublier le rendez-vous
donné à son ancienne maîtresse, et, lorsqu'il était
allé ouvrir la porte, son esprit était certainement bien
loin d'elle.

Interloqué, il ne pouvait trouver aucun mot, aucune
phrase pour la recevoir... ou la congédier.

Fort heureusement Emma n'était pas une fille à
manières, sa liaison avec Maurice étant renouée,
elle le croyait, l'atelier redevenait son « chez elle ».

Elle courut à la glace, ôta son chapeau avec mille précautions pour ne pas se décoiffer, s'assura d'un regard connaisseur de la fraîcheur de son teint, et, à l'aide d'une houppette à poudre, extrait d'un mignon sac à main, répara fort habilement, en quelques secondes, les omissions d'une toilette hâtive.

Maurice lui, n'avait pas cessé de se gratter de l'index mi-plié, le derrière de l'oreille, ce qui, chacun le sait, est le signe non dissimulé d'une préoccupation profonde.

Emma s'en aperçut.

— Ah ! ça, que peux-tu bien avoir, qui te préoccupe ainsi ?...

— Mais rien... rien... je t'assure, balbutia Maurice, qui instinctivement était allé se poster près de la porte de la chambre, prêt à en défendre désespérement l'accès à Emma.

— Si, tu as quelque chose, j'en suis sûre ! Puis avec un grand cri : Ah ! ne me le dit pas !... ne me le dit pas ! j'ai trouvé !

— Tu crois ? fit Maurice inquiet.

— J'en suis certaine !... Nous sommes le 30 ! N'est-ce pas que c'est ça ?

— Quoi le trente ? Que veux-tu dire ?

— Parbleu ! que tu m'as invitée hier à déjeuner, comptant recevoir ce matin, des mains de ton facteur, la lettre chargée dont ton père te gratifie chaque mois. Et, semblable à sœur Anne, tu n'as rien vu venir...

— Peut-être... oui, murmura Maurice, que celle

explication dispensait d'un travail d'imagination, en ce moment pénible.

— Eh ! bien vrai, tu as tort de te faire de la bile pour si peu de chose... Quand on n'a pas d'argent, on s'en passe. Dans la vie il faut être philosophe. Pour moi, je te retrouve, c'est l'essentiel. Tu ne crois pas, j'espère, que je suis venue, attirée par l'appas d'un bon déjeuner ?

— Non, ma chère Emma, je te sais assez désintéressée pour ne pas te faire cette injure et...

— Ah ! qu'est-ce que c'est que cela ? s'écria Emma qui venait d'apercevoir l'excavation béante du plafond vitré.

— Une cheminée, expliqua Maurice en bredouillant, une cheminée que le vent à fait choir juste sur mon vitrage.

— Décidément, mon pauvre chéri, tu n'as pas de chance... Eh ! bien entrons dans ta chambre, nous n'aurons pas à y craindre les courants d'air.

— Non... non, s'exclama vivement Maurice, non, c'est impossible.

— Impossible, pourquoi ? fit Emma toute surprise.

— Parce que... parce que... cela ne se peut pas...

— Mais encore...

— Ne m'interroge pas, je t'en prie.

— Ah ! Maurice, tu me caches quelque chose, c'est mal, ton air étrange, ton embarras lors de mon arrivée, ton refus de me laisser pénétrer dans ta chambre, tout me conduit à croire...

— Que ?

— Que tu caches une femme ici !

— Tu es folle.

— Ah ! Maurice ! Maurice ! reprocha Emma, les larmes aux yeux, ce serait trop méchant, trop cruel, venir me chercher, car c'est toi qui es venu, tu te souviens, me faire venir ici chez toi, pour assister au triomphe d'une rivale. Non, vois-tu, ce serait trop féroce.

Maurice comprit que l'instant était critique. Il fallait à tout prix anéantir les soupçons d'Emma, endormir sa défiance. Quelque bonne fille qu'elle soit, ils auraient tout à craindre de son ressentiment. Une femme, blessée dans son amour-propre, aussi profondément que l'eût été Emma, ayant la confirmation de ses craintes, une telle femme ne pardonne pas. Et Maurice songeait avec épouvante qu'il n'était point besoin d'un acte, qu'une parole seule suffirait à perdre celle qu'il aimait déjà éperdûment.

La notion du danger lui rendit sa présence d'esprit.

Il prit Emma dans ses bras et scandant sa phrase de baisers.

— Méchante, dit-il, que vas-tu supposer là... Ah ! je reconnais bien, ma chère Emma, tu n'as pas changé. Toujours prompte à te forger mille chimères... à prendre ombrage de trahisons imaginaires.

— Alors bien vrai, il n'y a pas ici d'autre femme que moi ?

— Mais non, voyons, qui peux te faire supposer ?

— Soit, je te croirais si tu me laisses entrer dans

ta chambre, un pas, rien qu'un pas, ou plutôt non, je resterai sur le seuil, un regard, un simple regard.

— Vilaine jalouse.

— Tu veux ?

— Non.

Maurice avait eu beau prononcer ce refus, le plus doucement possible, il fit à Emma l'effet d'une douche glacée.

— Tu refuses, donc j'ai deviné juste. Et fébrilement elle courut reprendre son chapeau.

La situation s'aggravait.

Maurice tenta un dernier effort.

— Voyons, ma chère Emma, d'où te vient ce caractère soupçonneux.... inquisiteur... que je ne te connaissais pas...

Ce disant, il tenta de renouveler la manœuvre qui avait failli réussir une première fois. Mais la jeune femme ne le laissa pas approcher.

— Non, dit-elle d'un ton ferme et résolu, je n'accepterai tes baisers et tes caresses que lorsque j'aurai la preuve qu'ils sont sincères, que lorsque je saurai enfin, que je n'ai, dans cette chambre obstinément fermée, aucune rivale. Emma avait instinctivement haussé la voix.

— Mais puisque je t'assure...

— Ton assurance ne me suffit plus. L'obstination que tu mets à m'interdire le seuil de cette porte, permet toutes les conjectures.

— Elles sont fausses !

— La preuve ?

— Il m'est impossible de te la donner.... pour le moment.

— Soit, alors, jure-moi, qu'il n'y a ici, en ce moment, chez toi, aucune autre femme que moi.

Maurice réfléchit une seconde. Refuser ce serment, c'était donner à Emma la confirmation définitive de ses doutes. C'était lui infliger un affront aussi cruel qu'immérité. C'était enfin, se faire de cette femme une ennemie dont le bavardage seul pouvait être une vengeance inconsciente... mais terrible.

D'un autre côté, l'idée de faire un faux serment répugnait à son caractère droit et franc. La parole d'honneur avait toujours été pour lui chose sacrée. Il n'avait jamais ménagé son mépris à ceux qui l'avaient trahie ou simplement engagée à la légère. Cependant, l'image de Michèle retombant par sa faute aux mains de ses bourreaux, triompha de ses scrupules.

Convaincu qu'il ne pouvait trouver aucun autre expédient, décidé à tout, il allait articuler la phrase mensongère, lorsque, brusquement, la porte de la chambre s'ouvrit donnant passage à Michèle, la tête encore couverte de bandelettes, le corps drapé dans une ancienne robe de chambre à Maurice, trouvée au pied du lit.

Profitant de la stupéfaction d'Emma, de la surprise de Maurice, elle s'avança vers lui et dit :

— Monsieur Maurice, je n'ai pas voulu vous mettre dans la cruelle obligation de faire à cause de moi un faux serment. Le parjure est indigne de vous. Bien involontairement, j'ai saisi une grand part de votre conversation, pour ne pas dire de votre discussion.

Puis se tournant vers Emma :

— Madame, je vous dois les explications que M. Gerbaut, par discrétion, n'a pas cru devoir vous faire.

Emma s'inclina sans répondre, subjuguée par la voix chaude et autoritaire de la jeune fille. La régulière beauté de Michèle l'avait frappée, mais la devinant blessée, elle ne crut pas à une rivalité du moins immédiate et, rassurée, elle attendit, curieuse, les explications promises.

Michèle ne la fit pas attendre.

— Madame, lorsque je vous aurai dit qui je suis et comment je suis ici, vous pourrez d'un mot, si bon vous semble, vous débarrasser à jamais de moi, me faire reléguer, captive, à l'autre bout du monde.

Emma, impressionnée par ce début, voulut l'assurer de sa discrétion.

Michèle la devinant, ne lui en laissa pas le temps.

— Oh, ne croyez pas que je veuille, vous disant cela, exiger de vous une promesse de silence. Je me confesse sans conditions.

— Je m'appelle Michèle Souwarine, j'ai 19 ans, native de Russie, je suis traquée par la police du tzar sous l'inculpation de nihilisme. Hier encore j'habitais, en compagnie de plusieurs compatriotes et amis, la maison contiguë. M. Maurice Gerbaut nous fut présenté, il n'y a pas encore vingt heures, par l'un des nôtres, nommé Vassili. Peu après son départ, la

descente de police que nous redoutions eût lieu.
J'avais, quelques instants auparavant, donné ma parole de tout tenter pour éviter d'être prise, le hasard
me permit de tenir ma promesse. J'étais, lors de
l'entrée des agents, seule dans une chambre donnant
sur la cour. Résolûment, je pris, pour fuir, le seul
chemin resté libre, celui des toits. Rompue dès mon
plus jeune âge à tous les exercices violents, celui-ci
n'était rien pour moi, j'étais arrivée à passer sans en-
combres, de notre maison sur celle-ci, quand brusquement, le sol se déroba sous moi. Je tombai et perdis
connaissance sans toutefois deviner la cause de mon
accident.

Quand je revins à moi, j'étais dans cette chambre,
et M. Gerbaut me prodiguait ses soins. J'appris de
lui la raison de ma chute... Vous l'avez devinée sans
doute, ce vitrage s'était écroulé sous mon poids.

Voici, Madame, racontés aussi succinctement que
possible les événements par suite desquels je me
trouve être involontairement la cause de votre discorde.

Et, avec un sourire angélique :

— Me pardonnez-vous ? Songez que je suis un peu
tombée du ciel.

Emma avait un cœur d'or, et pour habitude d'en
toujours suivre les impulsions, sans prendre la peine
de les raisonner.

Le premier sentiment qui s'était emparé d'elle, à
l'entrée de Michèle, avait été la surprise mêlée d'une
légère inquiétude, puis vint la fierté d'inspirer de

prime abord une confiance assez grande pour que la jeune fille ait osé lui confier un secret de vie ou de mort. Puis, enfin, après le récit de Michèle, l'admiration et la pitié. Emue, elle répondit de son mieux, l'assurant de ses regrets d'avoir, par une vaine curiosité, obligé la jeune fille à trahir son incognito. La priant de croire, en outre, à son entier dévouement.

Il n'avait pas fallu plus de dix minutes pour faire de ces deux jeunes femmes, deux amies.

Maurice lui, était resté presque complètement étranger à la conversation.

Dès l'entrée de Michèle, il avait d'abord été fortement inquiet. Qu'allait-il se passer? Il fut vite rassuré. La conversation prenait une tournure très satisfaisante, il n'avait qu'à la laisser aller. Ce fut un sage parti. Encouragée par l'accueil sympathique d'Emma Michèle lui confia la détresse où elle se trouvait, n'ayant pour se vêtir que le costume masculin qu'elle portait au moment de sa fuite.

La police possédant son signalement, ce travesti pouvait, dès sa première sortie, lui être fatal.

Emma, sur laquelle Michèle avait déjà pris, sans le vouloir, un réel ascendant promit de pourvoir à cette difficulté et de prêter les vêtements féminins auxquels Michèle devait nécessairement revenir.

Maurice écoutait bouche bée. Heureux de voir les choses prendre une si bonne tournure, mais un peu vexé cependant de pas trouver plus de rivalité, de ressentiment entre ces deux femmes, *ces deux rivales,* pensait-il, avec une fatuité toute masculine.

Il crut à un certain moment remarquer sur le visage de Michèle quelques indices de fatigue, il en profita pour faire cesser cet entretien qui décidément lui devenait pénible. Arguant de ses droits de docteur il ordonna un repos immédiat.

Michèle voulut protester et faire appel à la décision : elle se sentait forte, ne souffrait pas, etc...

Mais Emma, décidément conquise, se mit du côté de Maurice.

— Pas d'imprudence, dit-elle, allez vite vous recoucher, le *docteur* l'ordonne ! Je reviendrai bientôt vous apporter votre toilette complète, ce ne sera pas difficile, nous sommes de la même taille !...

Les deux nouvelles amies se quittèrent sur un gros baiser.

Maurice proposa tout bas à Emma d'aller la reconduire un peu. Elle refusa.

— Non, non... inutile, reste ici mon cher, songe que tu as charge d'âme !... Et gentiment, les lèvres fleuries d'un sourire satisfait... elle s'enfuit bien vite.

Maurice en refermant la porte se surprit à murmurer, après tant d'autres, la célèbre phrase :

— Décidément, le cœur de la femme est un abîme insondable !

Maurice, est-il besoin de le dire, entoura sa chère malade de mille soins jaloux. Il fit appel à toute sa science et ne négligea rien pour hâter sa guérison. Et pourtant, la convalescence arrivait beaucoup trop vite à son gré. Si le docteur était enchanté de la cure, en revanche, l'amant en était navré.

Plusieurs fois déjà, Michèle se sentant en pleine guérison avait manifesté le désir de rendre à Maurice sa liberté. Elle ne pouvait se douter combien cet esclavage lui était doux, et craignait toujours d'abuser de son hospitalité.

Maurice avait, jusqu'ici, trouvé mille bonnes raisons pour s'opposer à son départ, les plaies insuffisamment refermées, les risques d'une rencontre fortuite avec quelque agent de police, etc, etc...

A vrai dire, ces quelques jours d'intimité avait considérablement accru le tendre sentiment que, dès le premier jour, il avait conçu pour elle ; il ne pouvait plus, à présent, supporter l'idée de se trouver un jour séparée d'elle.

Dire que Michèle ne s'en était pas aperçue serait exagéré. Maints petits indices lui avaient révélé, en partie, la nature de l'attachement de Maurice et cela l'avait peiné. On connaît sa théorie : « L'amour est un désir, un appetit naturel, mais non un sentiment ».

Prévoyant tout ce qu'aurait de pénible l'inévitable scène des aveux, elle s'ingéniait à toujours la reculer, Maurice avait, en effet, plusieurs fois tenté de lui dire la profondeur de l'affection qu'il ressentait pour elle. Mais, très gentiment, aussitôt qu'elle voyait la conversation prendre une tournure inquiétante, n'ayant l'air de rien, elle trouvait un dérivatif... Et Maurice navré, devait remettre à plus tard l'exposé de ses tendres sentiments.

Pourtant, un après-midi, Emma était partie plus tôt qu'à l'ordinaire. Les deux jeunes gens étaient

restés seuls. Michèle fournit elle-même involontairement à Maurice l'occasion tant attendue.

— Maurice, dit-elle (ils avaient, d'un commun accord, décidé de supprimer dans leurs conversations
les titres trop cérémonieux de Monsieur et Mademoiselle), Maurice, vous êtes un ingrat.

— Moi? et pourquoi? fit-il interloqué.

— Parce que vous ne savez pas reconnaître, comme
il le faudrait, tout le dévouement... et l'attachement
de cette pauvre Emma.

— Comment! c'est vous, Michèle, qui m'adressez
ce reproche.

— Dame! il me semble que j'ai toutes qualités
pour. Songez combien elle est bonne pour moi, quels
services elle m'a déjà rendus. Or, nul doute qu'en
agissant ainsi, elle n'ait un peu pour but de vous être
agréable.

— Non, je ne nie pas qu'Emma ait à cœur de conserver ma sympathie, mais la raison de sa conduite
est toute autre. Vous l'avez conquise tout simplement. D'ailleurs, pouvait-il en être autrement?

— Que voulez-vous dire? fit Michèle inquiète.

— Ceci, que vous avez en vous un tel pouvoir de
séduction, qu'aucun être, je crois, ne peut vous
approcher sans s'éprendre de vous.

— Maurice! fit-elle avec reproche.

— Oh! ce n'est pas un compliment, c'est une simple constatation. Est-il besoin d'ajouter que je n'ai
pas été le dernier à subir ce charme.

— Maurice, prenez garde, c'est presque une déclaration.

— Eh! bien, oui, là, c'en est une. Il y a trop longtemps que cet aveu me brûlait les lèvres. Oui, je vous aime, oui, je vous adore. Et je ne sais comment j'ai pu si longtemps commander à mon cœur un silence qui me tuait. Vingt fois, cent fois, je fus sur le point de tout vous avouer. La peur de trahir les lois de l'hospitalité m'avait retenu jusqu'ici, mais les forces humaines ont des bornes...mon secret devait s'échapper un jour ou l'autre, c'était fatal! Michèle, je vous en prie, je vous en supplie, pardonnez-moi... Je vous fais de la peine... je le vois, je le sens. Mais... franchement, vous êtes trop jolie!

— Voyons, Maurice, calmez-vous, remettez-vous.

— Oh! je suis parfaitement calme...

— Alors, raisonnons...

— A quoi bon... On ne raisonne pas avec la passion.

— Toujours des grands mots!...

— Ce sont les seuls qui soient capables de peindre mon état d'âme.

— Allons donc!

— C'est vrai, j'oublie toujours que vous ne croyez pas à l'amour, fit Maurice amèrement.

— Non, je n'y crois pas. Mais supposons un moment que j'y croie... Que même par impossible, je sois moi-même victime de ce sentiment que je nie. Qu'aurions-nous à espérer?

— Le bonheur!

— Non, soyez raisonnable, je ne puis, vous le savez, être votre femme. Je me suis sacrifiée à une cause que je crois sainte, elle m'a coûté d'immenses sacrifices, que je vous dirai peut-être bientôt. Elle exige de ses fervents une liberté pleine et entière dont le mariage est la négation. Il m'est donc impossible d'être votre épouse. Reste l'hypothèse de devenir votre maîtresse...

— Oh! Michèle!

— Qu'y aurait-il d'extraordinaire? Puisque, pour un instant, je consens à admettre l'amour, je veux l'envisager dans toute sa liberté, dans toute sa grandeur, dans toute sa puissance, tel enfin que l'ont chanté vos poètes qui en ont fait un culte. Et non, réglementé officiellement par des législateurs qui en ont fait une institution sociale. Si donc, je pouvais aimer un homme, je ne croirais nullement déchoir en devenant sa maîtresse.

— Mais quelle femme êtes-vous donc?

— *Je ne suis pas une femme.* Je suis un être humain qui s'est efforcé de tuer en lui toute sexualité pour marcher plus librement à la conquête d'un idéal.

— Politique! fit Maurice avec un peu d'ironie.

— Oui, politique! Osez donc me le reprocher, vous qui bornez le vôtre à l'égoïste satisfaction d'un désir. Vous qui ne voyez dans sa réalisation que le bonheur d'un individu, de deux au plus, alors que le mien, au contraire, vise l'affranchissement et la liberté de tout un peuple immense!

— Vous avez raison, oui, j'en conviens, mais dites-moi, nos deux rêves sont-ils si différents qu'ils ne puissent, en s'unifiant, devenir une force utile à la réalisation de chacun d'eux.

— C'est encore une fois l'hypothèse du mariage et, pour une foule de raisons, je n'y puis songer.

— Vous êtes inexorable!

— Non, j'ai simplement tort de vous parler ainsi, car vous ne pouvez me comprendre.

— Qu'importe !

— Il importe beaucoup, au contraire. Et, puisque vous m'y contraignez, je m'explique, bien qu'il m'en coûte. Même le voulant, Maurice, je ne pourrais être votre femme légitime, car je ne saurais vous apporter ce que vous être en droit d'attendre de celle qui portera votre nom, une âme pure, un corps sans tâche.

— Quoi! s'écria Maurice éperdu.

— *Je ne suis plus vierge!...* Et maintenant j'ai le droit d'exiger que vous écoutiez mon histoire.

V

Je naquis en 18.. à Trégoff, petite ville située à quelques centaines de verstes de Moscou. Mon père, ingénieur des chemins de fer s'était marié à trente ans avec une douce et charmante créature, fille unique d'un commerçant de Moscou.

Les premières années de cette union furent heureuses. Deux enfants naquirent, mon frère d'abord, puis moi, deux ans plus tard. Notre père gagnait largement sa vie et le bonheur régnait sous notre toit.

Un jour, j'avais alors six ans, mon père revint à la maison plutôt que de coutume. Sur son visage se lisait une ardente préoccupation. Il nous embrassa plus longuement qu'à l'ordinaire, pria la femme de chambre de nous emmener au jardin et s'enferma avec ma mère dans son bureau.

La conférence fut longue et quand, deux heures plus tard, on nous appela pour dîner, je vis aux yeux rougis de mes parents que tous deux avaient pleuré. Le repas fut triste. Le lendemain, une troïka s'arrêta devant la porte, et l'on descendit deux grandes malles que j'avais souvent remarquées dans le grenier. Mon père, en costume de voyage, sortit de la maison au bras de maman qui semblait faire de grands efforts pour retenir ses larmes.

Après nous avoir couverts de caresses, mon frère et moi, et nous avoir donné mille baisers, il serra une dernière fois ma mère contre son cœur, monta dans la troïka et la lourde voiture, au galop de ses trois chevaux, eut bientôt disparu au tournant de la route.

Ma mère resta longtemps le regard vague comme perdu dans ses pensées, puis, tout à coup, elle nous prit dans ses bras, un sanglot déchira sa poitrine et elle s'évanouit.

La femme de chambre la transporta au prix de longs efforts dans la salle à manger et, après bien des soins, parvint à lui faire reprendre ses sens.

De ce jour, la joie et le bonheur désertèrent à jamais notre toit. Je sus plus tard que mon père avait été délégué par le gouvernement à l'étude d'un tronçon de ligne du chemin de fer transsibérien.

Il avait accepté cette mission malgré le chagrin qu'il éprouvait à laisser derrière lui trois êtres adorés; d'abord, parce que refuser eût pu être dangereux sous ce gouvernement autocrate, ensuite, parce que c'était pour l'avenir, s'assurer une situation brillante.

Mais la fatalité semblait l'avoir marqué au front. L'an suivant, sans que nous l'ayons revu, il mourut d'une fièvre paludéenne contractée dans les marais du lac Baïkal.

Ma mère nous vêtit de rouge (1), mon frère et moi, et jamais on ne rit plus dans notre maison.

Une modeste pension, servie par le gouvernement, permit à ma mère de vivre. Elle congédia la femme de chambre et se consacra tout entière à notre éducation. Très instruite, presque savante, elle jeta en nos jeunes cerveaux les bases d'une instruction très solide, en même temps que des principes moraux d'une rigidité touchant au puritanisme.

J'avais dix ans quand un nouveau chagrin vint achever de la briser. Mon frère mourut, emporté en quelques heures par une congestion causée par le froid. Quelques mois plus tard, ma mère le suivit dans la tombe, j'étais orpheline.

Mon grand père, déjà bien âgé, me recueillit. Le

____

(1) En Russie le deuil se porte en rouge.

brave homme m'adorait, et les trois années que je passai chez lui comptent parmi les plus heureuses de ma vie, mais il succomba sous le poids de ses quatre-vingts ans et je me trouvai seule au monde.

Mon grand père m'avait laissé un modeste héritage dont la rente, quoique minime, pouvait suffire à m'assurer l'existence. Le voïvode du district, faisant fonctions de tuteur, me fit entrer dans un couvent où je restai deux années.

J'aimais l'étude et bientôt je me fis remarquer par mon assiduité au travail et les progrès sérieux de mon instruction. Le voïvode était un excellent homme, il s'intéressait à moi et me rendait de fréquentes visites.

A la suite d'un examen de fin d'année où j'avais été classée première de l'école, la supérieure fit appeler mon protecteur et lui déclara que je n'avais plus rien à apprendre dans son établissement.

Le brave homme, après avoir remercié les religieuses de tout ce qu'elles avaient fait pour moi, m'emmena chez lui et peu de jours après, me fit conduire par son moujik à Moscou où je pris mes inscriptions à la Faculté.

Je louai une petite chambre proprette et claire au fond d'un jardin, dans un des faubourgs, et aussitôt installée, je me mis au travail avec acharnement. Il peut vous sembler bizarre, mon ami, que si jeune et livrée à moi-même, je me sois conduite comme une personne d'âge beaucoup plus avancé. C'est que vous me jugez avec l'esprit de votre rac e, beaucoup pl_u

frivole, beaucoup plus primesautière que les races du Nord et en particulier que la race slave. De plus, le malheur avait été pour moi une rude école et n'avait pas peu contribué à façonner mon esprit et mon jugement. Ne soyez donc pas étonné que, si jeune, je fusse déjà si sérieuse.

Vers cette époque de ma vie, se posa un problème de psychologie qui reste encore irrésolu pour moi, et me causa bien des vicissitudes.

Aux cours de la Faculté que je suivais avec beaucoup d'assiduité, je fis vite connaissance avec des camarades des deux sexes. Mais alors que mes compagnes formaient entre elles une sorte de clan nettement féministe, je me sentais moi, plus particulièrement attirée vers les jeunes gens. Cette attraction s'exerçait à mon insu, presque malgré moi. Elle fut bientôt remarquée par mes compagnes qui peu à peu me regardèrent dédaigneusement et s'éloignèrent de moi. Loin de me fâcher, cette attitude ne me causa que contentement en me laissant les coudées plus franches.

Les jeunes gens à qui cette sorte d'ostracisme n'avait pas échappé se rapprochèrent de moi et me traitèrent comme une sœur.

Je fus de toutes leurs réunions, de toutes leurs fêtes et jamais, ni un propos, ni un acte ne furent tenus ou commis qui n'aient été scrupuleusement corrects. Comme parfois ces réunions se prolongeaient assez tard dans la soirée ils me reconduisaient jusqu'à ma porte et se retiraient discrètement.

Un jour ou mieux un soir, l'un d'entre eux, nommé Vassili, au moment de me quitter, me demanda un entretien. J'avais déjà remarqué ce jeune homme parmi ses camarades. Agé de vingt ans il en paraissait 17 à peine. Ses traits d'une grande douceur savaient s'empreindre parfois, quand il discutait un thème philsophique, d'une majesté ineffable. Le timbre de sa voix, timide d'ordinaire, devenait grave et vibrant, ses yeux, d'un bleu pâle et presque effacé, doux et bons au repos, prenaient des tons d'acier bruni et des éclairs semblaient en jaillir. En un mot, c'était un doux énergique.

Connaissant sa loyauté et sachant que je n'avais rien à craindre de lui, je le fis entrer chez moi, lui offris un siège et attendis qu'il s'expliqua. Il le fit à peu près en ces termes.

— Excusez-moi Michèle, si j'ai pris la liberté de vous demander cet entretien.

Je m'inclinai, il continua.

— Avant de commencer à vous parler de ce qui cause ma présence chez vous, il me faut vous confier un secret duquel dépend la vie de vingt de nos camarades de l'Ecole et la sécurité de la plupart des autres. Jurez-moi que dussiez-vous en souffrir, dussiez-vous en mourir, vous ne le divulguerez à personne.

Je le jurai.

— Michèle reprit Vassili, je connais votre loyauté, je suis sûr que vous ne me trahirez pas. Et comme j'esquissais un geste de protestation, il se leva, s'approcha de la fenêtre, jeta un regard scrutateur sur les alentours, revint vers moi et d'une voix lente et grave, laissa tomber ces mots !

— Ces vingt camarades et moi, nous sommes des nihilistes !... Les autres étudiants ne sont que des complices conscients ou inconscients, mais que nous faisons marcher à notre guise.

Cette révélation ne fut pas sans me surprendre un peu, mais ne me causa pas le mouvement de frayeur, l'effarement sur lequel comptait sans doute mon interlocuteur.

Il en parut étonné. Je lui donnai bien vite l'explication qu'il semblait attendre. J'étais depuis longtemps au courant de vos idées, mon cher Vassili et je connaissais beaucoup de secrets de nos camarades. En entendant, parfois malgré moi les confidences échangées, les mots d'ordre donnés, j'ai depuis longtemps compris quel était votre but et dans le fond de mon cœur je l'avais fait mien. Vous ne vous étiez jamais découvert à mon égard, vous ne m'aviez jamais confié quoi que ce soit de vos projets, je ne crus pas devoir vous laisser deviner que je les connaissais. Aujourd'hui vous venez me prendre pour confidente, je vous réponds simplement : je suis vôtre depuis longtemps déjà. Vassili au fur et à mesure que je lui parlais se transfigurait à vue d'œil, et quand je terminai c'était un Vassili méconnaissable, que j'avais devant moi ; la figure rayonnante de joie il se précipita, me prit les deux mains et les serra fébrilement. Oh ! sœur, tu vaux mieux que nous tous qui t'avions méconnue. Pardonne-nous ! nous avons tant à craindre ! Tant de pièges sont tendus sous nos pas que nous sommes bien excusables de nous cacher même de nos meilleurs amis. Demain, à minuit, nous avons une réunion du comité secret pour nommer un chef. Au nom de mes camarades je te prie d'être des nôtres. Le lieu : le caveau de la famille Pétroff, au cimetière de l'Ouest ; le mot d'ordre : Pour la Russie, pour la Liberté. Et maintenant sœur. je te laisse, à demain soir ! Il me serra encore une fois les mains, ouvrit la porte et sortit, et je restai seule.

Je ne pus dormir de la nuit, mais en revanche je réfléchis beaucoup. C'est avec une sorte de joie que j'acceptais cette nouvelle situation d'esprit. Enfin j'allais connaître l'âpreté de la lutte pour un idéal, moi qui jusqu'ici n'avais jamais senti tressaillir mon cœur autrement que par la douleur et par les larmes. Enfin j'allais pouvoir donner libre cours aux sentiments que la défiance de mes compagnons m'avait obligé de refouler au plus profond de moi-même. Enfin j'allais pouvoir utiliser cette énergie virile que je sentais bouillonner en moi comme une lave !... Combien je remerciais Vassili de s'être enfin confié à moi. Sous l'empire de ma joie et craignant de trop laisser voir mon agitation je ne me rendis pas au cours ce jour là et je restai seule dans ma chambre. Peu à peu le tumulte de mon cœur s'apaisa et quand, à 10 heures du soir, je sortis de chez moi pour me rendre au lieu du rendez-vous, j'étais absolument calme.

J'avais une grande partie de la ville à traverser, je fis le chemin à pied et quand j'arrivai au cimetière la demie de onze heures sonnait aux horloges sans nombre de la ville endormie. J'étais en avance. Je ne savais de quel côté diriger mes pas lorsque d'un pan de mur, une ombre se détacha et s'avança. Je n'en eus nulle frayeur. Que venez-vous faire ici ? me dit une voix brève. Je viens pour la Russie, dis-je. Et pour la liberté ajouta l'ombre, venez je vais vous conduire. Nous longeâmes pendant quelques minutes le mur noir et par une brèche nous pénétrâmes dans la nécropole. Mon guide m'avait pris la main, et après bien des détours, après avoir trébuché maintes fois, nous arrivâmes au caveau. Une seconde fois le mot d'ordre fut échangé, la porte s'ouvrit, j'entrai, la porte se referma et nous descendîmes un escalier sombre comme la nuit.

Trois coups frappés par mon compagnon firent ouvrir une seconde porte, une lumière assez vive troua les ténèbres et nous entrâmes dans une petite salle oblongue de quelques mètres carrés. Plusieurs jeunes gens y étaient déjà dont Vassili. Il me présenta à ses compagnons et nous attendîmes que nos amis soient tous arrivés. J'étais seule de mon sexe. Dix minutes plus tard le comité était au complet. Un des jeunes gens, Yvan Sovaroff, comme plus âgé (il avait vingt et un ans) présidait. Il monta sur une sorte de petit autel à demi effondré et lut une lettre du chef de la section des nihilistes moscovites, priant le comité secret des Etudiants de la Faculté de nommer un délégué au Conseil central de la section. Ce délégué devait, en outre, être le chef du comité et l'intermédiaire entre celui-ci et la section.

Sans plus tarder on procéda à l'élection. Je votai pour Vassili. Le dépouillement commença et c'est avec une sorte de terreur que j'entendis prononcer vingt et une fois mon nom. Vassili avait une voix, la mienne, je voulus protester, mais mes camarades m'enlevèrent, me portèrent sur l'autel et m'acclamèrent chef du comité. Je crus rêver, je sentis mes tempes battre, le sang m'affluer au cœur, et je crus que j'allais défaillir quand Vassili d'une main énergique me saisit, me soutint, pendant que sa voix au timbre si grave et si doux à la fois me glissait à l'oreille : courage, sœur. Je me ressaisis vite et à nouveau je voulus parler, refuser, mais Vassili ne m'en laissa pas le temps. Notre sœur accepte le poste que vous avez bien voulu lui confier. Plus qu'aucun de nous elle en est digne. Elle sera pour nous un guide énergique et sûr, elle sera en même temps notre sauvegarde car jamais la police ne se doutera que cette jeune fille est l'âme de notre comité. Je vous ai dit et vous répète que vous ne pouviez faire un meilleur choix. Et maintenant, frères, séparons-nous. Je reconduirai Michèle. Et avant que j'aie pu dire un mot tous les étudiants avaient disparu me laissant seule avec Vassili.

Nous reprîmes ensemble le chemin de la ville, mon compagnon me laissa au seuil de ma demeure, encore tout abasourdie de ce qui venait de se passer et je rentrai chez moi.

Tout à coup, au moment où je fermais ma porte, une violente poussée l'ouvrit toute grande, je trébuchai sous le choc et faillis tomber. Un homme, enveloppé d'un grand manteau, était debout dans l'encadrement. Je voulus crier, mais, la terreur tenait ma langue collée à mon palais et aucun son ne sortit de ma gorge contractée. L'homme laissa alors tomber son manteau et je vis qu'il était revêtu du costume d'officier de police.

Je me crus perdue. Il s'avança vers moi, puis à mon grand étonnement, d'une voix respectueuse, quoique rude il me dit : Mademoiselle, excusez la brutalité de mon irruption chez vous, mais depuis le temps que je cherchais le moyen d'avoir un entretien avec vous je n'en ai pas trouvé d'autre que celui que je viens d'employer. Un peu remise de ma frayeur première, je commençais à reprendre mon sang froid. C'est d'une voix presque assurée que je le priai de s'expliquer. Mademoiselle reprit l'homme, tous les jours depuis un an, vous passez devant ma demeure. Tous les jours depuis un an j'attends que vous passiez pour vous voir. Quand je n'ai pû vous apercevoir je regarde dans mon cœur, et vous vois toujours. Je vous aime, je vous aime comme un fou, je vous aime à en mourir, je vous aime... et je te veux... A ces mots il s'élança sur moi, deux bras de fer m'enlacèrent, sa bouche écrasa mes lèvres, mais je me raidis, et profitant d'un moment ou il voulut m'enle-

ver, je lui glissai des mains, bondis au chevet de mon
lit, saisis un poignard kurde qui y était toujours
accroché et appuyant la pointe sur mon sein je lui
criai. Misérable, si tu fais un pas, si tu fais un geste,
je me tue.

Mon attitude confirma sans doute mes paroles car
l'homme recula. Mais je vis se dessiner sur ses lèvres
un sourire sinistre. Une pensée atroce venait de se
faire jour dans son cerveau. Il sortit de sa poche un
papier plié, et dit. J'ai juré que tu serais à moi, je
t'aurai, et c'est toi qui viendras me supplier et te
traîner à mes genoux. Tu as refusé mon amour, tu
ne sais donc pas ce que vaut ma haine. Donc, voici
mon dernier mot: si demain soir, dix heures, tu
n'es pas venue chez moi te donner librement, aussi
vrai que je me nomme Dimitri Héliaschoff, officier
de la police judiciaire chargé de la recherche des
comités nihilistes, je fais arrêter vingt et un étudiants
de l'Université, dont tu trouveras les noms inscrits
sur cette feuille. En tête, est un certain Michel de ta
connaissance. Tu sais ce qui les attend. Je ne pus
en entendre davantage. Je bondis sur lui au moment
où il se baissait pour déposer le papier sur un esca-
beau et le frappai, mais la lame de mon poignard rencontra le métal de son épaulette et je ne lui fis
qu'une égratignure. Il se redressa furieux, mais
l'énergie de mon attitude dut lui inspirer quelque
frayeur car il se calma vite et reprit, son sourire de
bête fauve sur les lèvres : Tout doux, ma gazelle !
Ne soyons pas méchante. Calmez vos nerfs, ma belle

enfant, et au revoir ! à demain ! Il ramassa son manteau le jeta sur ses épaules et fermant la porte, me
jeta encore ces paroles. A demain.

Je passai le reste de la nuit dans un état de surexcitation horrible. Je remuai dans mon cerveau
toutes sortes de projets plus impraticables les uns
que les autres. Au jour je me précipitai hors de
chez moi et courus au logis d'Yvan Sovaroff, celui
de mes compagnons dont la demeure était la plus
proche de la mienne. A sa porte un policier montait
la garde. Chez un autre, autre policier. Je fus à l'Université, aucun de mes vingt et un compagnons n'y
avait paru. Je compris qu'ils étaient consignés à leur
demeure. Je me sentais devenir folle. Rien à faire,
rien à tenter. Et cet homme qui m'attendait ce soir à
10 heures. Tout mon être se révoltait à cette odieuse
pensée, mon cœur se soulevait de dégoût et d'horreur.
Mais la journée s'avançait. J'étais revenue à mon
humble demeure. La liste fatale était bien là, sur ma
table et tous leurs noms, ceux de Vassili, Yvan, Alexis,
tous ceux qui m'avaient élue leur chef hier étaient
là. Ils croiraient peut-être que je les aurais trahis,
vendus. Ils seraient déportés en Sibérie, aux confins
de l'autre monde, au bagne de Sakaline d'où jamais
personne n'est revenu. Et je pouvais, moi, leur chef,
leur amie, leur sœur les sauver. Je me sentis exalter
à la pensée que mon sacrifice serait la rançon de
toutes ces existences, et, à 10 heures, je frappais à la
porte du monstre à figure humaine qui se nommait
Dimitri Héliaschoff.

. . . .

Le lendemain chacun de mes compagnons recevait à son domicile un ordre de chef de Police d'avoir à quitter le territoire russe dans un délai de quatre jours. Moi-même je quittais Moscou et, trois jours plus tard, je débarquais à Paris.

VI

Emma ressentait pour Michèle une vive amitié. Le caractère franc et loyal de sa nouvelle amie l'avait séduite. Presque chaque jour elle venait lui rendre visite. Les premières conversations n'avaient roulé que sur des banalités, des lieux communs, et Maurice avait dû faire appel à toute sa verve pour ne point laisser languir et tomber la conversation. Peu à peu cependant, à mesure qu'elles se connurent mieux, leurs entretiens devinrent plus intimes. Michèle subissant à son insu l'obsession de son idée fixe, avait exposé à Emma les grandes lignes de son idéal. A la vive surprise de Maurice, la jeune femme y avait pris un certain intérêt, et la fois suivante avait été la première à amener la conversation sur ce sujet. Elle semblait goûter un grand charme à entendre le son de cette voix chaude, vibrante, tantôt émue et douce, lorsqu'elle dépeignait, avec un heureux choix d'ex- pressions, la misère et les tourments de ses pauvres compatriotes, tantôt au contraire forte et menaçante, lorsqu'elle jetait l'anathème, aux tyranniques oppresseurs de sa chère patrie.

Maurice n'assistait pas toujours à ces entretiens. Un jour, entre autres, appelé à la Sorbonne par une conférence intéressante, il dut laisser seules les deux amies.

Après avoir épuisé le chapitre des banalités, elles vinrent à parler de Maurice. Toutes deux furent unanimes à lui reconnaître maintes qualités. L'une vantait sa bonté et son intelligence, l'autre son dévouement et son savoir. Quand, brusquement, Emma lança cette phrase qui plongea Michèle dans une profonde stupéfaction.

— Savez-vous bien, ma chère, que vous ferez tous deux un jour ou l'autre, un couple des mieux assortis.

Michèle sur le moment ne trouva rien à répondre. La boutade avait été poussée très naturellement, sans qu'il ait été possible d'y discerner la moindre acrimonie, à peine une vague teinte de résignation, s'y faisait-elle sentir. Néanmoins, au bout d'un instant, elle répondit.

— Emma ! Qu'est-ce qui vous passe par la tête ! vous êtes folle.

— Non, croyez-moi, je vois clair. Maurice est amoureux de vous.

— Mais non, protesta Michèle, sans grande énergie il est vrai, car à cet instant précis, son esprit revivait la mémorable scène des aveux.

— Si. Et vous vous en êtes certainement aperçue

vous-même... Seulement vous n'osez en convenir craignant de me chagriner.

— Mais...

— Oh... ne craignez rien, je ne suis pas jalouse... de vous du moins. Je n'en aurais pas le droit, vous m'êtes tellement supérieure...

— Voyons, Emma, je vous en prie !

— Vous n'aimez pas les compliments, je le sais, vous êtes sans défauts. Mais il me faut pourtant vous dire toute ma pensée. Michèle, dès le jour où je vous vis pour la première fois, je ressentis pour vous un vif attachement, une grande amitié. Comment pourrait-il en être autrement de Maurice ? Vous joignez aux qualités de l'âme, les irrésistibles attraits d'une beauté parfaite, j'aurais mauvaise grâce d'en vouloir ou à lui ou à vous.

— Emma, encore une fois, vous vous trompez, Maurice ne ressent certainement pour moi que des sentiments de vive amitié. Et, quant à l'hypothèse du mariage que vous sembliez envisager tout à l'heure, vous savez fort bien qu'elle est irréalisable.

— Pourquoi ?

— Parce que je ne suis pas libre, parce que je suis une proscrite... une sans patrie. Parce que l'Idée à laquelle je me suis sacrifiée exige que je reste entièrement libre.

— Je n'ai jamais bien compris, vous le savez, vos grandes théories et je comprends encore moins le sacrifice auquel vous consentez... Croyez-moi, vous passez à côté du bonheur.

— Ma chère Emma, c'est à mon tour de ne plus comprendre. Comment, c'est vous, vous qui l'aimez, qui venez me donner de semblables conseils?

— Oh! cela n'a pas été sans de longues luttes. Ce calme et cette résignation qui vous étonnent si fort sont, croyez-moi, le fruit de bien des insomnies. Oui, j'aimais et j'aime encore Maurice, je l'avoue; mais j'ai compris qu'il ne peut plus, qu'il ne pourra plus jamais être à moi. Et je me console en pensant qu'il a su du moins reporter son affection sur une femme digne de lui.

— Emma, dit tristement Michèle, vous me faites beaucoup de peine, et je n'aurais jamais cru que vous puissiez un jour voir en moi une rivale. Cependant, je vous suis reconnaissante de m'avoir parlé franchement, car vous venez de m'indiquer mon devoir.

— Que voulez-vous dire? fit Emma avec inquiétude.

— Que je dois quitter au plus tôt cet asile où je suis venue bien involontairement jeter la discorde.

— Ne faites pas cela, s'écria Emma, sérieusement effrayée. Il est trop tôt ou trop tard. Trop tôt pour vous, qui risqueriez mille dangers à vous retrouver seule, dans cet immense Paris. Trop tard pour Maurice, qui désormais, j'en suis certaine, ne saurait vous oublier. Ce serait donc un sacrifice inutile pour tous. Restez, vous le lui devez... c'est une dette de reconnaissance.... Au revoir, ma chère Michèle... A demain!...

— Qu'elle étrange femme vous êtes!

— Je m'efforce d'être raisonnable... c'est tout mon secret... au revoir.

Restée seule, Michèle se prit à réfléchir profondément. Sa situation était bien étrange. Depuis près d'un mois elle était l'hôte d'un jeune homme qui l'aimait à la folie. Je lui dois tout, s'avouait-elle, tout, gîte et nourriture, soins et liberté. Il a risqué et risque encore pour moi, d'être compromis dans une affaire qui pourrait à jamais briser son avenir, et pour payer un tel dévouement, une telle abnégation, je n'ai pas même le droit d'employer ces quelques mots d'espérance qui seraient pour les blessures de son cœur un baume souverain. Car il souffre, je le vois... il souffre pour moi, par moi !... Brusquement, Michèle s'arrêta... Admettre la souffrance, n'était-ce pas admettre aussi le sentiment, n'était-ce pas convenir que l'amour existait.

Michèle se sentit prise dans un dilemme qui menaçait de réduire à néant une de ses théories favorites. Elle chercha quelques secondes le moyen d'en sortir et crut l'avoir trouvé. Maurice ne devait être que le jouet, la victime d'un désir poussé jusqu'au paroxisme. Qu'un jour ou l'autre, ce désir soit satisfait, le mal disparaîtrait forcément, n'ayant plus aucune raison d'être. Michèle ayant trouvé cette explication eût un petit sourire satisfait... Sa joie fut courte... elle réfléchit en effet que son explication étant juste, elle devenait maîtresse de prolonger ou faire cesser, à son gré, le supplice de Maurice. Elle s'effraya de ses propres conclusions. Ainsi il lui suffisait de dire un mot, pour guérir celui qu'elle considérait comme son sauveur, et ce mot, cette parole magique, elle ne pouvait le prononcer qu'au prix d'un immense sacrifice. Michèle sentit les larmes lui monter aux yeux, pourtant elle eut honte de sa faiblesse, parvint à se ressaisir et se sermona :

— D'abord, le sacrifice était-il vraiment aussi grand qu'elle le prétendait. Elle se souvenait s'être élevée maintes fois contre ce préjugé populaire, fruit d'une morale étroite, qui voue à l'exécration de tous la femme qui se donne librement. Allait-elle donc reculer au moment de passer de la théorie au fait ?

Le cruel souvenir de la flétrissure, subie jadis, traversa sa pensée. Une fois déjà, en des circonstances terribles, elle avait dû faire le sacrifice de son corps. Avait-elle hésité ? Non... Alors ? Le cas, il est vrai, étant moins grave... Mais combien moins élevée aussi, était la rançon nécessaire. Elle s'était laissée prendre la première fois, par dévouement, l'âme débordante de haine et de dégoût, elle se donnerait cette fois ci, par pitié, le cœur tout plein d'amitié et d'affection sincères.

Lorsque Maurice revint, son parti était définitivement pris.

Michèle, dès l'entrée de Maurice, remarqua sur son visage, un air content et satisfait ; ses yeux pétillaient de joie, à tel point qu'elle crut pouvoir lui en faire la remarque.

— Maurice, dit-elle, vous paraissez bien joyeux.

— C'est que j'apporte de bonnes nouvelles.

— De mes pauvres compagnons ! questionna-t-elle
vivement.

— Oui.

— Oh ! dites ! Maurice, dites vites, je vous en prie.

— Diable, ne vous montez pas la tête, et surtout
ne me pressez pas trop, car je serai vite au bout de
mon rouleau.

— Soit, je me résigne...

— Je vous ai dit, n'est-ce pas, le résultat toujours
négatif, des recherches que j'entreprenais presque
chaque jour pour obtenir quelques nouvelles de nos
malheureux amis. Mais ce que je vous ai caché, c'est
le désespoir et le découragement qui commençaient
à s'emparer de moi. Il ne fallait rien moins que votre
souvenir Michèle, et le désir de calmer votre inquiétude...

— Vous vous éloignez..., prenez garde, fit-elle gentiment.

— C'est vrai, je reviens au sujet. Donc aujourd'hui,
je fus assez heureux pour apprendre que tous d'abord
sont en parfaite santé, qu'ils ne semblent pas trop
souffrir de leur captivité, et n'ont pas perdu tout
espoir d'entendre le tribunal refuser l'extradition.
Et enfin...

— Enfin ? répéta-t-elle anxieuse.

— Enfin, l'avocat de Vassili, celui qui lui fut dé-
signé par le bâtonnier, n'est autre que Vildieu, mon
ami intime.

— Vraiment ?

— Le hasard, enfin, semble vouloir nous servir favorablement.

— Et... vous avez vu cet ami..., vous l'avez questionné ?

— Non.. car je suis allé partout où j'avais quelque chance de le rencontrer sans pouvoir le joindre, mais je lui ai laissé chez lui, un mot, le priant de passer me voir le plus tôt possible.

— Merci... et quand pensez-vous qu'il puisse venir ?

— Ah ! ma chère Michèle vous m'en demandez trop, peut-être ce soir, peut-être demain, tout dépendra de l'heure à laquelle il trouvera mon mot. Malheureusement Vildieu n'est pas un garçon des plus rangés, et...

— Il ne viendra que demain ?

— Je le crains.

Toute la soirée, la conversation roula naturellement sur les malheureux captifs. Depuis que Maurice connaissait leur histoire, Michèle pouvait parler d'eux plus librement et ne s'en faisait pas faute. Elle craignait toujours de n'avoir point fait son devoir en fuyant. N'était-elle pas leur chef ici comme là-bas et, dès lors, sa place n'était-elle pas au milieu d'eux ? Maurice devait chercher mille arguments pour la convaincre.

— Non, sa place n'était pas là-bas, non, son devoir ne pouvait exiger qu'elle aliène, volontairement, la force et l'énergie, dont la nature l'avait douée. Mais leur cause sacrée voulait au contraire, qu'elle dispute jalousement sa vie et sa liberté à ses adversaires, qu'elle conserve précieusement pour la lutte suprême l'utile appoint de son ardeur juvénile.

Michèle se laissait généralement convaincre, elle ne répondait plus, et tombait dans une longue rêverie.

Maurice pouvait alors l'admirer à son aise, l'extase durait aussi longtemps que la rêverie.

Il ne se lassait pas d'admirer ce visage chéri, il s'ingéniait à y découvrir chaque fois une qualité nouvelle, restant des heures entières les yeux rivés sur elle. Son imagination avait libre cours. Peu à peu il perdait la notion exacte des choses et l'esprit travaillant, goûtait en songe des plaisirs paradisiaques.

Michèle n'était plus alors, la slave fanatique, esclave d'une Idée, l'être en quelque sorte désexué, par une initiation trop hâtive et trop brutale, mais, au contraire, *la femme* faite et créée pour l'Amour. Son visage n'avait plus cet air sérieux et réfléchi qui d'ordinaire l'intimidait si fort. Non. Elle s'était rendue aux sages raisonnements qu'il échafaudait mentalement depuis une heure, et vaincue par la puissance de ses arguments, comprenant enfin son rôle de femme, tendait vers lui ses lèvres fraîches et roses, comme un sublime appel au baiser.

Le réveil était terrible. Il vivait dans la crainte continuelle qu'elle veuille, à un moment ou l'autre, reconquérir son indépendance, et la seule pensée de se retrouver seul un jour dans cet appartement le plongeait en une noire mélancolie.

Il comprenait cependant que c'était là l'inévitable,

et que chaque minute, chaque seconde le rapprochait
du terme fatal.

Les blessures étaient guéries, cicatrisées, elle était
en pleine convalescence.

D'un autre côté, l'épisode qu'il qualifiait tout haut
de malheureux, mais qu'il bénissait tout bas, était
assez éloigné pour qu'elle puisse, sans grands dangers, reprendre discrètement sa vie un grand jour.

Dès lors, si elle manifestait le désir de partir, quel
prétexte invoquer pour la retenir ?

Maurice était désolé.

Cependant, ce soir-là, il lui sembla qu'elle était
toute autre qu'à l'ordinaire.

Etait-ce la joie d'avoir enfin des nouvelles de ses
compagnons ? Maurice le crut, n'osant envisager une
autre hypothèse. Elle ne parla pas de son départ prochain. Et, lorsqu'il lui souhaita le bonsoir, leurs yeux
s'étant rencontrés, elle eut un gentil sourire et, spon-
tanément, lui tendit son front.

Maurice n'en put dormir de la nuit.

Le lendemain, dès la première heure, tous deux
étaient sur pied. Maurice partageant l'impatience de
Michèle, tous deux épiaient le pas des personnes qui
montaient, dans l'espoir de voir enfin paraître Vildieu,
qu'ils espéraient comme le Messie.

Toute la matinée leur attente fut vaine. Vers deux
heures, ils eurent une fausse joie, répondant à un
vigoureux frappement. Michèle et Maurice se précipitèrent... C'était Emma... Elle fut reçue avec moins
d'affabilité que de coutume... On la mit pourtant au

courant des événements et elle partagea l'impatience commune.

Enfin à trois heures, le tant désiré Vildieu fit son entrée.

Il ne fut nullement surpris de rencontrer Emma chez son ami, mais la présence de Michèle l'intrigua.

Maurice la lui présenta sans lui donner grandes explications et lui expliqua en deux mots la raison du rendez-vous.

— Vildieu mon cher, j'ai appris que tu es chargé de défendre prochainement, un jeune russe, nommé Vassili..., inculpé de nihilisme.

— C'est vrai, répondit Vildieu surpris..., et c'est pour cela que tu tenais tant à me voir ? En quoi diable cela peut-il t'intéresser ?...

— Vassili fut pendant plus d'un an mon compagnon d'études et mon ami. De plus, Mademoiselle, dit-il en désignant Michèle, s'intéresse vivement au sort de ce jeune homme.

— Son frère, pensa Vildieu. Eh ! eh ! Maurice est un malin... la petite est gentille... Mais pourquoi, diable, habitant avec cette charmante créature, son déshabillé prouve suffisamment qu'elle se considère ici comme chez elle... Pourquoi, diable, continue-t-il à recevoir Emma... Etrange !

Il raconta immédiatement, à ses auditeurs attentifs, tout ce qu'il savait de son client et de ses amis, leur vie, leurs espoirs et la façon dont il comptait les défendre.

— Mais, dit-il, s'adressant à Michèle, vous ignorez

peut-être, Mademoiselle, que l'un d'eux fut assez heureux de glisser entre les mains de la police et déjouer
ensuite toutes les recherches ?

Un triple éclat de rire lui répondit. Vildieu resta
interloqué.

Michèle en quelques mots lui narra ses aventures.
Sa surprise fut grande d'apprendre que l'heureux
fuyard était une jeune fille, qui précisément avait
trouvé réfuge chez son ami intime. Il promit à Michèle
de rassurer Vassili sur son sort et se chargea pour
tous, des mille choses aimables, des mille paroles
d'encouragements qu'elle put trouver. Les prisonniers étaient toujours au secret, mais l'instruction
allait vraisemblablement être bientôt close ; ils pour-
raient alors recevoir des visites et... peut-être, avec
beaucoup de précautions, pourrait-elle arriver un
jour à les voir.

Michèle à cette perspective eut peine à contenir sa
joie.

Vildieu comprenait de moins en moins la conduite
d'Emma. Il voyait les deux femmes causer librement,
amicalement. Il était clair, qu'aucune jalousie n'existait entre elles. Et cependant Maurice était amoureux de Michèle ; c'était indéniable, il eût fallu être
aveugle pour ne pas s'apercevoir que ses regards
étaient constamment fixés sur elle, prompts à saisir
sur la simple esquisse d'un geste, ses plus légers dé-
sirs. Dès lors, comment expliquer la présence et surtout la sérénité d'Emma. Décidément, cette femme
était beaucoup plus intéressante qu'il ne l'avait cru

jusqu'ici. Nul doute qu'une étude approfondie de son caractère ne réserve à l'observateur, ample moisson de remarques paradoxales.

Il résolut de lui faire une cour assidue.

Maurice ne pouvait s'en offenser. Il commença immédiatement sa campagne, se montra galant, prévenant même, et s'efforça de mettre en relief ses qualités de brillant causeur, auxquelles il était redevable déjà de quelques bonnes fortunes. Il prit en même temps qu'elle congé de son hôte, et s'institua, de son propre chef, son chevalier servant.

Le lendemain, Maurice et Michèle furent un peu surpris de les voir arriver ensemble, une plus grande intimité semblait s'être établie entre eux. Maurice s'en aperçut et fronça involontairement les sourcils. Dans son égoïsme d'homme, il ne pouvait admettre qu'Emma puisse un jour reporter sur un autre les tendres sentiments qu'il dédaignait sans prendre même la peine de dissimuler son indifférence.

Une courte réflexion le convainquit bien vite du grotesque de ses prétentions, il chercha même à se persuader que c'était là, la meilleure solution qui se puisse être, le seul dénouement de leur platonique ménage à trois. Ces aveux cependant n'étaient pas sincères, et, malgré tous ses efforts pour envisager gaiement la perspective d'une liaison entre Emma et Vildieu, il se montra chagrin toute la durée de leur visite.

Après leur départ, il eut par contre l'agréable satisfaction de constater chez Michèle une transformation heureuse. Légère, il est vrai, mais sensible pourtant à lui qui la connaissait si bien.

Depuis deux jours, du reste, son attitude, à son égard, avait changé. Cette constatation, il ne pouvait, à vrai dire, la baser sur aucun fait, mais eût juré cependant que ce n'était point une illusion. Malgré tout, il ne voulut pas s'abandonner à l'espérance.

— Et pourtant, quelle joie, quel bonheur immense, s'il était enfin arrivé à animer ce marbre, s'il avait été, à son insu, le Pygmalion de cette divine statue... Mais non, c'était trop beau ! trop merveilleux ! trop invraisemblable !

Ah ! si Michèle avait cru, par son aveu, par ses confidences, réfréner son amour, combien elle s'était trompée. Il lui semblait, au contraire, l'aimer davantage.

Que lui importait qu'un autre eût avant lui étreint ce corps idéal, dont le souvenir hantait ses rêves. Que lui importait qu'un autre ait bu à ses lèvres la divine extase, puisqu'il n'avait su éveiller en elle que le mépris et la haine. Le corps avait été profané, soit, mais le cœur était resté pur, pour lui, *elle était toujours vierge*.

VII

Vildieu, Henri de son prénom, avait alors, vingt-sept ans environ. Grand, fort, la taille bien prise, la toilette avait toujours été sa grande préoccupation.

Quoique jeune, il avait su plaider fort habilement les quelques causes dont il avait été chargé, et les anciens du Palais s'accordaient à lui prédire un bel avenir.

Sa parole était chaude, vibrante, persuasive. Malheureusement, trop amoureux de la controverse, il goûtait un grand plaisir à défendre les thèses les plus abracadabrantes et, dans son désir de les voir triompher, faisait parfois appel à des arguments d'une justesse douteuse. Ses amis l'avait pour ce, surnommé : « Monsieur paradoxe », et nul surnom ne pouvait être plus vrai.

Au demeurant, le plus charmant garçon que la terre ait porté. Bon, serviable... et fort galant avec le beau sexe dont il était un admirateur fervent. Tout son visage décelait une volonté de fer et de fait, lorsqu'il s'était fixé un but, il fallait des obstacles absolument insurmontables, pour qu'il renonçât à l'atteindre.

Dès qu'il eût résolu de plaire à Emma, afin de la mieux étudier, s'avouait-il à lui-même, mais beaucoup surtout parce que la jeune femme lui était très sympathique, il fit appel à tous ses pouvoirs de séduction.

Le premier jour, ayant pour principe de ne rien brusquer, il s'enquit adroitement de l'état de son cœur. Elle ne fit aucune difficulté pour lui avouer qu'elle aimait toujours Maurice, mais ne conservait aucun espoir de le ramener à elle.

Et, comme Henri lui objectait qu'elle devait en ce

cas être jalouse de Michèle, elle lui répondit très naïvement.

— Pourquoi ? Maurice est un garçon très intelligent, très instruit, je ne suis moi qu'une pauvre fille dont tout l'orgueil consiste à savoir lire et écrire !... On ne peut s'aimer tout le temps... Voyez-vous, je m'en rends compte, malgré tous mes efforts ma conversation ne pourrait jamais avoir pour lui rien de bien intéressant.

Henri voulut protester par galanterie.

— Non, je sais ce que je vaux. Michèle au contraire est en tous points, je crois, une compagne digne de lui. Je la connais depuis un mois, et j'en suis encore à chercher contre elle le premier reproche.

— Elle vous a charmée ?

— Oui, positivement, et je suis fière qu'elle veuille bien me traiter en amie. Voyons, franchement, puis-je lui en vouloir d'avoir plus d'esprit et d'être plus jolie que moi ?

— Emma, vous êtes une bonne fille. Malheureusement, pour que Maurice puisse goûter tout le bonheur auquel il a droit, il faudrait que Michèle s'humanise, qu'elle consente à s'apercevoir du violent amour de notre ami.

— Ce qui arrivera infailliblement.

— En êtes-vous sûre ?

— C'est immanquable, je ne suis pas très ferrée, c'est vrai, sur l'étude des âmes et des caractères, sur ce que vous appelez, je crois leur psychologie, pourtant j'estime qu'il est impossible à une femme vivant dans l'intimité de Maurice de ne pas s'apercevoir de ses brillantes qualités et de n'être pas sensible à l'honneur d'être aimée de lui.

Vous oubliez que Michèle n'est point une femme.

— Comment cela ? fit Emma ébahie.

— Non Michèle n'est point une femme, ou du moins elle ne veut pas l'être. Je la connais très peu, c'est vrai, puisque ce matin encore j'ignorais son existence, mais je l'ai beaucoup étudiée pendant les quelques heures que je viens de passer près d'elle et je crois l'avoir comprise.

— Expliquez-vous.

— Michèle possède à la fois toutes les qualités et tous les défauts de la race slave. Elle est douée d'une indomptable énergie qu'elle met entièrement au service de sa cause. Toutes ses pensées, toutes ses forces intellectuelles convergent vers un même but, but qu'elle considère comme son unique raison d'être.

Hors lui, rien n'existe plus, tout la laisse indifférente. Elle traverse la vie, marchant droit vers un point brillant duquel ses yeux ne peuvent se détacher, insensible à ce qui se passe autour d'elle, incapable de goûter d'autres joies ou de souffrir d'autres douleurs que celles qui lui viennent de son Idéal.

— En un mot, une égoïste?

— Du tout, une femme au contraire au cœur fort et généreux, fière de sa mission, et qui croirait démériter en détournant pour un seul, une parcelle du trésor de tendresse qu'elle dépense généreusement pour tous.

— Monsieur Vildieu, je ne vous ai pas très bien compris, ne vous en froissez pas, votre explication est trop savante pour moi, j'admets cependant que Michèle soit trop absorbée par la politique et n'ait pas le temps de songer à l'amour. Mais comment expliquer que sa chair arrive à se soustraire aux lois de la nature ?

— La question est embarrassante et pour y répondre il faudrait je crois connaître le passé de la jeune fille, peut-être y trouverait-on quelque fait, quelque accident, qui ait entravé la puberté; peut-être y trouverait-on aussi quelque drame mystérieux impossible à imaginer, cause de l'aversion qu'elle montre pour l'amour.

Vildieu causait plus pour lui que pour Emma qui ne semblait pas du reste, s'intéresser outre mesure à la solution du problème. D'ailleurs, en devisant ainsi, ils étaient arrivés près de sa demeure.

Très gentiment, elle tendit la main à Henri, le remerciant de sa conduite.

— Vous reverrais-je bientôt ? interrogea-t-il.

— Mais... quand vous voudrez...

— Vrai ?... où cela ?

— Chez Maurice.

Vildieu eut préféré un autre rendez-vous. N'importe, il s'enquit de l'heure et sollicita la permission de venir à sa rencontre. Emma l'accorda à condition pourtant qu'il ne s'approcherait pas trop de chez elle.

— A cause des voisins dit-elle,

Et voilà pourquoi nous les avons vus, au chapitre précédent arriver ensemble rue Vauquelin.

. . . .

Maurice ne recevait guère de nouvelles des siens qu'une fois par mois, le trente au soir. Son père profitait de l'envoi du mandat mensuel pour donner en quelques mots d'une orthographe souvent fantaisiste des nouvelles de « la mère », des voisins et, en conseiller municipal conscient de l'importance de son mandat, son appréciation sévère sur les « actes du cabinet ».

Il goûtait un grand plaisir à lire ces lettres et ne songeait pas à en remarquer la naïveté. Elles étaient pour lui l'évocation du là-bas, du chez lui, simple et familial.

Maurice allait d'ordinaire, presque chaque mois, rendre une visite à ses vieux parents et passer avec eux une journée de dimanche.

Depuis l'arrivée de Michèle, Maurice n'avait pu trouver un jour à consacrer à l'orgueil de son père, à l'admiration plus calme de sa mère... et au traitement de ses concitoyens. Son père en sa dernière lettre lui en avait fait le reproche, il répondit par une excuse quelconque, et se crut tranquille pour un mois. Il se trompait. La concierge lui remit un matin dans son courrier une lettre dont l'écriture grosse et moins qu'assurée, lui dit immédiatement la provenance.

— Tiens, de chez nous, et nous ne sommes que le 5 ! Qu'y a-t-il donc de cassé ? Impatient, il brisa l'enveloppe. Michèle qui le regardait faire suivit sur son visage les impressions de sa lecture, craignant elle aussi quelque mauvaise nouvelle. Quatre pages, quatre grandes pages ! Décidément c'était anormal... mais rassurant, car d'ordinaire un malheur se conte en moins de mots.

Très intrigué il lut :

Après maintes circonlocutions son père lui exprimait son désir de le voir marié, et le priait de venir au « pays » où il lui avait découvert un excellent parti : Une jeune fille fortunée, sage, gentille et « bâtie pour vivre cent ans. »

Il fut littéralement abasourdi. Ainsi son père voulait le marier, et, sans lui demander son avis, avait déjà engagé des pourparlers. Il avait traité l' « affaire » car, c'en était bien une qu'il lui proposait, comme jadis un achat de grains ou de fourrages. Seulement, il choisissait pour la lui soumettre un bien mauvais moment.

Ayant levé les yeux, sa lecture achevée, il rencontra le regard de Michèle rivé sur lui. Il crut y lire une interrogation, et fut sur le point de lui tendre la lettre mais il retint son geste, arrêté par des sentiments assez complexes.

Michèle connaissant le projet de ses parents s'en ferait sans nul doute l'avocat, et joindrait ses instances aux leurs pour lui faire accepter la proposition. Ce que Maurice voulait éviter à tout prix.

Par contre, cette lettre pouvait lui être une précieuse pierre de touche. Il lui suffirait d'étudier sur le visage de Michèle l'impression que lui en causerait la lecture pour avoir enfin soit la preuve, soit la négation de l'agréable changement qu'il croyait voir s'opérer chez elle. Peut-être par prudence, peut-être par peur de voir réduire brusquement à néant les chères illusions dont il se berçait depuis quelques jours, il plia la lettre et la mit dans sa poche avec une insouciance affectée qui n'échappa pas à Michèle.

— Rien de grave heureusement murmura-t-il, des affaires d'intérêts, on réclame ma signature.

Et vite il se mit à parler d'autre chose. Malheureusement, la malencontreuse proposition paternelle s'obstinait à occuper tout son esprit. Il avait beau se répéter que, raisonnablement, son père ne pouvait être incriminable, il ignorait son amour, lui croyait le cœur libre, et dès lors son offre n'était qu'une preuve de sa sollicitude... Il s'obstinait à y trouver une sorte d'injure. Croire, supposer, envisager seulement l'hypothèse qu'il puisse un jour oublier Michèle et en épouser une autre, lui était atrocement pénible.

N'ayant pour tout documents que les quelques mots de son père, il se représentait sa « future » sous les traits de quelques filles de campagne, grosse et rougeaude, la taille épaisse, semblant taillée à coups de hache, dans un tronc de chêne ; grande, forte et bâtie pour vivre cent ans disait la lettre. Maurice ne pouvait s'empêcher de sourire.

Seulement, il n'était pas sans inquiétude et envisageait avec terreur la lutte qu'il allait lui falloir soutenir contre ses parents. Bon fils, cette perspective lui était pénible.

Ainsi le mauvais sort s'acharnait après lui, non seulement, il était tombé amoureux d'une femme réfractaire à l'amour, cas excessivement rare, non seulement il devait pour tâcher de conquérir son bonheur, tenter des efforts surhumains pour faire battre un cœur triplement cuirassé, mais ses propres parents venaient eux-mêmes entraver ses projets; il allait lui falloir sans nul doute s'insurger contre une volonté qu'il avait jusqu'alors respectée et chérie.

Il s'attendrit sur ses infortunes et bientôt deux grosses larmes coulèrent le long de ses joues.

Michèle qui l'épiait de loin, pensa qu'il était temps d'intervenir.

— Maurice, c'est mal, vous avez de la peine, des chagrins et vous pleurez seul !

— Mais... ne put que bredouiller Maurice honteux d'être surpris en flagrant délit de faiblesse.

— Vous me comblez de grandes protestations d'amitié et d'amour et vous me refusez votre confiance.

— Michèle, pardonnez-moi, c'est que précisément vous êtes un peu la cause...

— Oh ! je ne vous demande pas vos secrets.

— Non, mais il me plaît de vous les dire...

— Vous avez l'esprit changeant.

— Ne raillez pas, de grâce, il s'agit de choses sérieuses, je m'étais promis de vous les tenir cachées, mais quelle résolution tiendrait devant un reproche de vous. Michèle, je suis à la veille de me fâcher avec mes parents.

— Grand Dieu ! et vous venez de dire ! A cause de moi ?

— Oui.

— Mais c'est insensé, c'est fou ! Je ne veux pas. Maurice... de grâce soyez raisonnable...

— Lisez !

Et simplement il lui tendit la lettre.

Michèle la lut attentivement, s'appliquant à ne rien trahir des impressions ressenties. Ayant achevé, elle réfléchit que tous les conseils, toutes les adjurations seraient inutiles.

La situation était grave.

Le temps n'était plus aux discussions, aux hésitations, l'urgence du sacrifice s'imposait.

Elle demeurait plus persuadée que jamais de l'infaillibilité de ses théories. Plus que jamais elle persistait à croire que la possession pouvait seule calmer l'exaltation nerveuse de Maurice, que seule, elle était susceptible d'assouvir le désir qui le tourmentait.

Pour elle, le mal était purement physique et son devoir à elle, lui apparaissait nettement. Faire une seconde fois, le sacrifice de son corps.

Alors, cette jeune femme, cette jeune fille qui toujours s'était refusée à croire au « Grand Sentiment », sut trouver la force de jouer la comédie de la passion. Elle la joua avec un tel naturel, une telle conviction, une telle apparence de sincérité, que le plus incrédule s'y fut laissé prendre.

Maurice lui, ne demandait qu'à être convaincu. Dire sa joie, son bonheur, son ivresse, quand Michèle lui avoua partager son amour, est chose impossible. Les mots, les expressions manquent pour analyser de telles sensations. La plume est impuissante à dire l'extase du premier baiser.

Ainsi, s'offraient à lui, ces lèvres tant convoitées, ce corps sculptural dont l'adorable souvenir avait tant de fois hanté ses rêves.

Cet être aimé, adoré, vénéré retrouvait son sexe et redevenait femme sous le souffle tout puissant de son amour.

Maurice crut devenir fou.

A force d'énergie, il parvint pourtant à dompter son désir et entre deux baisers :

— Ainsi, tu consens, tu le veux ?... Tu seras ma femme ?

Et Michèle consciente de son rôle et de son devoir :

— Non... je veux... *être ta maîtresse.*

. . . .

Quand les sens apaisés, les lèvres lasses de caresses, Maurice desserra son étreinte, les yeux de Michèle étaient rouges de larmes.

Il comprit.

En un instant son bonheur s'écroula. Il eut l'exacte vision du sacrifice : Michèle s'était donnée par dévouement, par pitié. Le voyant malheureux, le sentant souffrir elle lui avait fait l'aumône d'un peu d'amour.

Les cils perlés de pleurs, il la baisa au front en lui demandant :

— Pardon.

Seulement, il se faisait, en même temps, à lui-même, le serment d'animer ce cœur réfractaire et de ratifier en quelque sorte la possession du corps par la conquête de l'âme.

Comme pour lui faciliter la tâche, le doute pénétrait chez Michèle, et pour la première fois, devant le désespoir de Maurice, elle se prit à douter.

— L'amour serait-il donc vraiment autre chose qu'un désir ?

. . . .

Depuis longtemps Maurice caressait un projet, celui de décider Michèle à passer quelque temps à la campagne en sa compagnie, outre l'avantage qu'elle en pourrait trouver pour sa santé qui commençait à souffrir d'une claustration si prolongée, Maurice comptait beaucoup sur la nature et sur la poésie des champs pour distraire son esprit. De plus, il venait de répondre à la lettre de son père que l'idée de mariage ne lui était pas encore venue et que lui viendrait-elle, il désirait sur ce chapitre conserver son libre choix. Une telle réponse était très capable de décider son père à le venir voir, et il ne craignait rien tant que sa visite.

Donc, pour toutes ces raisons, la villégiature s'imposait ; il venait justement d'entrer dans la période des vacances, rien ne s'opposait à leur départ.

Michèle, après maintes supplications, maintes discussions où Maurice eût à réfuter de terribles arguments finit par consentir.

Vingt-quatre heures après, ils partaient tous deux.

Le cœur de Maurice débordait de joie et d'espoir.

VIII

Depuis quinze jours, Maurice et Michèle sont installés à Mennecy, charmant village à une heure de Paris. Maurice avait loué, toute meublée, une coquette petite villa entourée d'un semblant de parc ; un ruisseau qui le traversait formait un lac minuscule bordé de grands peupliers.

La maison placée sur une petite éminence dominait une partie des alentours et, de la terrasse qui surmontait son toit, on apercevait à l'horizon les masses profondes de la forêt de Fontainebleau.

Maurice était enchanté de son choix et s'en félicitait hautement. Michèle approuvait.

Les premiers jours s'étaient passés à la reconnaissance du domaine et aux mille détails de l'installation.

Toutes ces petites préoccupations n'avaient guère laissé à Maurice le temps de songer à autre chose.

Elle voulut d'abord connaître le pays. Maurice se rendit à son désir et tous deux firent ensemble de longues promenades dans la campagne. Ils furent bientôt connus de tous les habitants du village qui les prenaient pour des jeunes mariés. Et, en effet, à

les voir passer au bras l'un de l'autre, beaux et jeunes,
le visage souriant et gai, qui donc eût pu se douter
de tout ce qu'il y avait de souffrances et de larmes,
concentrés dans ces deux cœurs.

On les aimait pour le frais parfum de jeunesse
qu'ils répandaient autour d'eux, pour l'affabilité qu'ils
savaient avoir envers tous ceux qui les approchaient.

Dans le cours de leurs promenades, il arrivait souvent à Maurice de s'arrêter à causer avec les paysans.
Il s'informait avec intérêt des espérances que per-
mettaient l'état des récoltes. Très versé dans la chi-
mie, il donnait par-ci, par-là un avis, un conseil avec
une urbanité qui ajoutait encore à leur valeur.

Michèle adorait ces promenades ; elle éprouvait
une sorte de fierté de voir Maurice, adulé, fêté, aimé,
par toutes ces natures, un peu frustes peut-être,
mais dont les manifestations de sentiments étaient
si franches, si naturelles. Elle devenait presque sen-
timentale, sans s'en douter, et c'était beaucoup pour
elle-même qu'elle aimait être au bras de Maurice.

Le cercle de leurs courses s'étendait, un brave
paysan dont la femme venait chaque matin faire le
gros ouvrage de la villa, avait mis à leur disposition
sa carriole et son cheval.

Comme le travail des champs lui laissait des loisirs pour quelques semaines encore, il les conduisait
plus loin dans les environs, les promenait tout l'après-
midi et les ramenait à la nuit tombante.

C'est ainsi qu'ils allèrent, un jour, visiter la forêt
de Fontainebleau. Ayant laissé leur conducteur dans

une auberge, à la lisière du bois, tous deux s'enga-
gèrent dans la forêt.

Ils allaient à l'aventure, recherchant de préférence
les taillis profonds, s'écartant des allées et des routes.
Ils arrivèrent bientôt aux gorges d'Apremont. La
beauté du site, sa sauvage grandeur les y retinrent.

Assis sur la mousse, les yeux perdus dans le vague,
sans voix comme sans pensées, ils s'attardèrent peut-
être un peu plus qu'ils ne l'auraient voulu. Le charme
de cette belle nature jetait du trouble dans leur âme
et amollissait leur cœur.

Cependant, sans qu'ils s'en rendissent compte, le
jour baissait.

Quand ils réussirent à secouer leur rêverie, le soleil, dans une gloire de rayons éblouissants, dispa-
raissait derrière les hautes futaies de l'horizon.

Maurice et Michèle reprirent en hâte le chemin de
l'auberge ; mais le crépuscule arrivait, et Michèle
fatiguée ne marchait plus qu'avec peine.

Maurice s'aperçut bien vite à la façon dont elle
s'appuyait à son bras qu'elle avait un peu trop pré-
sumé de ses forces qui la trahiraient avant peu.

Ils s'arrêtèrent un instant, mais la nuit qui gagnait
les força bientôt à reprendre leur route. Au bout de
quelques nouvelles centaines de pas, Michèle épuisée
s'arrêtait de nouveau. Elle conjurait Maurice de se
rendre à l'auberge et de la revenir chercher avec la
carriole. Mais Maurice lui fit comprendre qu'il y
aurait danger à l'abandonner ainsi, car dans la nuit,
il n'était rien moins que sûr de pouvoir la retrou-

ver. A tout prix, il fallait rentrer ensemble, Maurice ne trouva qu'un moyen : porter Michèle.

Elle voulut bien résister, mais avec une douce violence, il la saisit, l'enleva, et presque courant s'élança sur la route.

Ah ! combien le fardeau lui semblait léger ! Il allait d'un pas vif et alerte, heureux de sentir là près de son cœur, le cœur de cette femme qu'il s'était juré de conquérir. Il pressait dans ses bras, cette chair qui n'avait encore jamais palpité et dont les chaudes effluves lui brûlaient le sang.

La tête de Michèle s'était peu à peu inclinée vers son épaule et finalement s'y était posée ; son bras s'était arrondi autour du cou de Maurice. Il sentait passer sur ses joues, sur son front le souffle embaumé de la respiration de Michèle.

Comme elle s'alanguissait en ses bras, il la pressa plus fort encore sans qu'elle fît la moindre résistance. Maurice était heureux comme on l'est dans un beau rêve. Cet instant de joie le payait largement de toutes ses douleurs, de tous ses désespoirs. Il se sentait les forces d'un Titan et il allait dans la nuit, sans sentir la fatigue, emportant Michèle comme un avare emporterait son trésor.

Quelques instants plus tard, il sortait de la forêt et reconnaissait, tout près, l'auberge où son conducteur l'attendait avec inquiétude.

Maurice fit servir un frugal repas et une heure après, ils repartaient vers Mennecy. Assis côte à côte, subissant le charme de cette nuit ravissante, admirant les étoiles sans nombre qui constellaient le ciel, tous deux se sentaient gagner par une douce langueur.

Maurice avait peu à peu attiré près de lui sa compagne et, insensiblement, l'avait enlacée. Michèle, comme tout à l'heure dans la forêt, avait laissé faire et reposé sa tête à la même place, sur l'épaule.

Le rêve de Maurice continuait.

Mais tout a une fin, même les plus beaux rêves. On était arrivé. Les deux jeunes gens descendirent de la carriole et rentrèrent à la maison. Maurice conduisit Michèle à sa chambre, lui offrit ses services pour le cas où elle en aurait besoin et, sur une réponse négative, se retira, étouffant un soupir de regret.

Rentré chez lui, il n'essaya même pas de dormir, ouvrit la fenêtre et s'accouda au balcon. Il revécut vingt fois ces heures délicieuses trop vite écoulées, dont le souvenir dilatait encore son cœur. L'espoir venait enfin de renaître dans son âme et la nuit se passa, pour lui, dans une douce rêverie.

Au matin, bien qu'il n'eût fermé l'œil de la nuit, il lui sembla qu'il ne s'était jamais senti si dispos, tant il est vrai que le bonheur est un divin cordial. Il descendit au jardin, prit un livre en passant dans le salon, et se rendit au bord du ruisseau.

La matinée était splendide. Le soleil répandait une douce tiédeur que tempérait un souffle de brise. Le friselis du feuillage des peupliers, le chant des oiseaux, le murmure du ruisseau, berçaient mollement les pensées de Maurice qui, petit à petit, se laissa envahir par une agréable torpeur et s'endormit sur le gazon.

Michèle s'étant levée de bonne heure et ayant constaté que Maurice avait quitté sa chambre, était partie à sa recherche. Elle ne fut pas longue à le découvrir.

Quand elle vit qu'il dormait elle se garda bien de le réveiller, elle s'avança et doucement, s'assis à ses côtés.

Bientôt un certain étonnement se peignit sur ses traits. Elle regardait Maurice et jamais elle ne lui avait vu physionomie si radieuse. Lui d'ordinaire si sombre au repos, lui apparaissait transfiguré, un calme ineffable se lisait sur toute sa personne, dans le gracieux abandon de sa pose comme dans le sourire de ses lèvres.

Michèle resta longtemps à contempler son ami et ne put résister à l'envie de déposer un baiser sur son front, baiser de sœur, baiser de mère peut-être, mais quel qu'il fut, il produisit sur Maurice l'effet d'une décharge électrique. Tout son être en tressaillit ; il entr'ouvrit les yeux, Michèle n'avait pas eu le temps de se retirer et ce fut en rougissant un peu qu'elle tendit la main à Maurice.

— Je venais vous chercher pour déjeuner, lui dit-elle en essayant de cacher un léger trouble.

— Pardonnez-moi, Michèle, fit Maurice qui semblait ne pas s'être aperçu du trouble de son amie. Pardonnez-moi de vous avoir causé ce dérangement. Et il ajouta souriant : Je rêvais.

— Ah ! reprit Michèle. Et, est-il indiscret de vous demander le sujet de votre songe ?

— Du tout, je rêvais qu'un ange était là, assis près de moi, me couvant de son doux regard, me regardant dormir. Puis, cet ange se baissait et, doucement, déposait sur mon front un baiser.

Michèle vit bien que sa question avait été imprudente, elle voulut tenter une diversion, mais Maurice ne lui en laissa pas le temps.

— Et, savez-vous Michèle qui était cet ange ?... Une femme dont il avait pris les traits... Et cette femme c'était vous, vous qui dans ce songe délicieux vous humanisiez enfin et faisiez au pauvre assoiffé d'amour, l'aumône d'un baiser.

Tout en parlant, il avait saisi la main de Michèle et la couvrait de caresses, mais, celle-ci, sentant le terrain devenir brûlant se leva et dit à Maurice.

— Offrez-moi, je vous prie, votre bras pour rentrer.

Ils étaient à table quand la femme de ménage remit une lettre à Michèle.

Intriguée, elle l'ouvrit vivement et eut un cri de joyeuse surprise : Emma !

— Emma ? interrogea Maurice.

— Oui, Emma, qui nous demande l'hospitalité pour quelques jours.

— C'est une excellente idée. Je gage qu'elle s'ennuie de son amie Michèle.

— Vous avez deviné juste ; elle me le dit durant quatre pages et serait heureuse de notre acceptation.

— Je n'y vois, pour ma part, aucune objection, et,

si cette visite vous est agréable, j'en serai double-
ment heureux. Répondez-lui donc qu'elle sera la bien-
venue.

La journée du lendemain fut employée par Michèle
à préparer la chambre d'Emma ; le soir tout était
près pour la recevoir.

Elle arriva le jour suivant. Michèle et Maurice
étaient allés l'attendre à la gare.

Elle débarqua du train en coup de vent, sauta
sur le quai et se jeta dans les bras de Michèle, qui
l'embrassa comme une sœur, puis tendit la main à
Maurice.

— Comment va, depuis trois semaines que vous
avez quitté Paris ? Bien, je le vois, cette chère
Michèle a une mine ravissante, l'air de la campagne
lui fait du bien ; et vous, Maurice ?...

— En devisant gaiement tous trois prirent le chemin
de la villa.

On parla de Paris, de la campagne, on fit des
comparaisons, puis Michèle demanda à Emma si elle
avait vu Vildieu depuis peu.

— Hier, ma chère Michèle, quand je lui ai annoncé
mon départ pour Mennecy, il avait l'air navré, le
pauvre ! Ah ! mais j'y songe, il m'a chargé de vous
remettre un mot, le voici.

— Vous a-t-il parlé de mes compatriotes, de leur
procès ?

— Oui, mais de peur que j'oublie ou comprenne
mal, il a écrit ce qu'il voulait vous faire savoir.

Ils étaient arrivés.

La lettre de Vildieu fut un baume pour Michèle,
il lui disait son espoir de tirer prochainement les
jeunes gens du mauvais pas où ils se trouvaient. Elle
en fut ravie.

À la pensée que ses amis allaient être bientôt
libres, une grande détente se fit en elle.

Toute la soirée, à la grande joie de Maurice, elle
donna le signal des rires et eut les trouvailles les
plus joyeuses.

Sous prétexte de correspondance à faire, mais, en
réalité, pour laisser Emma et Michèle causer à leur
aise, Maurice demanda l'autorisation de se retirer.

Dès son départ, la conversation prit un autre tour.

— Et Vildieu, qu'en faites-vous Emma ? interrogea
Michèle.

— Vildieu, sous ses dehors un peu extravagants
est un cœur d'or. C'est un brave et bon garçon que
j'aime bien et qui, je le crois, me rend un peu de
l'estime que j'ai pour lui ! En un mot, nous sommes
de bons camarades.

— Rien que cela ?

— Ah ! vous êtes indiscrète, ma chère Michèle,
et, si je voulais, je vous poserais une question qui,
je crois, vous embarrasserait bien plus que la vôtre
ne me gêne. Michèle, depuis quelques jours, était en
veine d'imprudences, il eut presque semblé qu'elle
les commît sciemment.

Elle ne protesta aucunement et se contenta de sourire, mais Emma n'eut garde de laisser échapper si
belle occasion.

— Où en êtes-vous avec Maurice ?

— Mais, ma chère... voulut commencer Michèle.

— Je me trompe, reprit Emma, je voulais dire : Où Maurice en est-il avec vous ?

Michèle exquissa un geste, mais Emma l'interrompit et continua :

— Oh ! je ne vous demande pas vos secrets Michèle, mais laissez-moi vous dire ce que je vois. Vous n'avez pas encore donné à Maurice tout le bonheur auquel il aurait presque droit : Vous ne l'aimez pas Michèle, et le pauvre garçon souffre par vous et pour vous.

— Ma chère Emma, je vous jure que j'aime beaucoup Maurice, et que tous les sacrifices me seraient doux s'ils pouvaient lui éviter la peine la plus légère.

— Oui, cela je le sais, vous l'aimez *beaucoup*, mais ce « *beaucoup* » est de trop : L'aimer... tout simplement serait mieux, car c'est ainsi qu'il vous aime lui.

Elle ne put ou ne crut pas devoir répondre et, prétextant un peu de fatigue, reconduisit Emma au seuil de sa chambre, lui donna un baiser un peu... embarrassé et se retira chez elle.

Aussitôt seule, Michèle eut un geste d'abattement et tomba dans un fauteuil.

Elle se sentait là, au-dessous du sein gauche, une sorte de pincement douloureux... une morsure.

Elle regrettait presque l'arrivée d'Emma et se surprit à désirer son départ.

Tout à coup, elle eut un tressaut joyeux, se leva,

s'assit son bureau et écrivit une longue lettre à Vildieu.

Alors, rassénérée, elle se coucha et s'endormit le sourire aux lèvres.

Le lendemain se passa d'une façon charmante, Michèle ne sembla se souvenir de rien de ce qui s'était passé entre Emma et elle. Elle fut gaie, enjouée, charmante. Elle eut pour Maurice de douces attentions, de gentils sourires dont il fut ravi.

Il s'en montra reconnaissant à Emma dont la venue semblait être la cause de cette heureuse transformation. Deux autres jours se passèrent encore. Maurice vivait des heures de joie ineffable, Michèle semblait de plus en plus heureuse et avait des abandons qui le jetait dans un trouble impossible à dire.

Emma, avec une discrétion que son amour pour Maurice rendait sublime, savait toujours trouver un prétexte pour laisser Michèle et Maurice à leurs doux entretiens ; évitant, sans affectation de s'y trouver continuellement en tiers.

Vers midi, alors qu'ils venaient de se mettre à table, un formidable carillon retentit à la grille, et bientôt la femme de ménage vint avertir Maurice qu'un monsieur, une valise de chaque main, l'attendait à la porte d'entrée.

Il s'y rendit en hâte et poussa tout à coup une exclamation joyeuse !

— Vildieu !

A ce moment les deux femmes, curieuses, arrivèrent à leur tour.

Serrements de main, embrassades, rien ne manqua, ce fut une entrée triomphale.

Vildieu eut un geste d'étonnement trop accentué peut-être pour être vrai en reconnaissant Emma... et un certain sourire de connivence quand ses yeux rencontrèrent ceux de Michèle.

— Nous nous mettions à table lorsque tu as sonné, dit Maurice..

— Voilà qui tombe bien, répliqua Vildieu, j'ai une faim d'ogre. A table donc ! Et tous quatre regagnèrent la salle à manger.

Le déjeuner ne fut qu'un long éclat de rire, Vildieu avait annoncé, dès l'abord, qu'il trouvait la maison à son goût et s'y installait pour un temps illimité, jusqu'à ce que, ajouta-t-il, le propriétaire me donne congé.

Les quatre jeunes gens passaient ensemble de charmantes journées.

Vildieu ne quittait presque plus Emma et chaque jour semblait opérer entre eux un rapprochement plus étroit. Toujours au bras l'un de l'autre, ils allaient causant comme de bons amis et leurs conversations étaient toujours empreintes d'une folle gaîté, grâce aux boutades comiques dont Vildieu les émaillait.

Quant à Michèle et à Maurice ils étaient heureux, heureux tout simplement. Michèle s'humanisait à vue d'œil. Maurice avait déjà senti, plusieurs fois, battre le cœur de son amie quand elle se pressait à son bras. Son regard maintenant semblait chercher le sien.

Une sorte de tendresse qu'elle ne cherchait plus à dissimuler se lisait dans ses yeux et il était possible de prévoir le moment proche où l'amour triomphant aurait enfin vaincu les théories et les sophismes de cet esprit indompté.

Mais la fatalité semblait s'être attachée au pas de Maurice. La Providence trouvait peut-être qu'il n'avait pas assez souffert, que son âme ne s'était pas encore assez affinée au creuset de la douleur. Peut-être aussi est-il des créatures dont les larmes sont agréables à la déité qui règle nos destinées.

Brusquement, sans raisons apparentes, la conduite de Michèle se transforma du tout au tout.

Maurice, désespéré, la vit reprendre son caractère primitif. Elle n'eut plus de ces gracieux abandons, annonciateurs de la victoire prochaine.

Elle était redevenue la Michèle des premiers jours, aimable, soit, mais sévère et réservée.

Alors qu'elle n'avait plus qu'un pas à faire pour devenir « l'amante » elle se ressaisissait dans son désir de rester l'amie.

A deux ou trois reprises différentes Maurice eut l'immense douleur de l'entendre causer de l'éventualité d'une séparation prochaine et nécessaire.

Il crut devenir fou.

IX

Quelles raisons ? Quelles circonstances malheureuses, pouvaient être cause du subit revirement de

Michèle et le ramener, lui, à son point de départ, alors qu'heureux et confiant, il croyait déjà avoir atteint le but de ses rêves.

Vainement il s'interrogea, vainement il repassa dans sa mémoire les plus petits incidents des jours derniers, il ne put rien trouver, aucune parole, aucun acte, aucun geste, susceptibles d'expliquer un aussi brusque changement.

Une remarque, entre autres, l'intriguait ; il avait cru s'apercevoir, était-ce une illusion ? que Michèle souffrait de rompre la douce familiarité, le gentil abandon, auxquels elle l'avait habitué depuis leur arrivée ici. On eût dit qu'elle y était contrainte.

Par quoi ? par qui ?

Il retombait fatalement dans le réseau des questions insolubles.

Ah ! que n'eût-il donné pour avoir le mot de cette cruelle énigme ! Comment combattre un ennemi qu'on ignore ? Quel remède trouver à un mal dont on ne peut définir les origines ?

Il l'avait interrogée, et, gênée, elle n'avait répondu qu'évasivement ; Emma, et de cela il était sûr, n'était pas non plus dans les confidences de son amie.

Alors ?

Un soir, après s'être retiré dans sa chambre et avoir, sans succès, attendu le sommeil qui lui aurait apporté l'oubli au moins pour quelques heures, il se releva et alluma mélancoliquement une cigarette. A un certain moment il crut entendre, partant de la chambre de Michèle, un bruit de voix, comme une plainte ; croyant être le jouet d'une illusion il attendit, le bruit se répéta de nouveau, alors il n'hésita plus et la croyant indisposée il pénétra dans sa chambre.

Il s'aperçut bien vite que, tout simplement, Michèle rêvait à haute voix. Il allait se retirer discrètement, quand un nom le retint : Dimitri Héliaschoff... C'était, il s'en souvenait, le nom de son vil séducteur. Ainsi, la pauvre fille devait, en un cauchemar, revivre la terrible scène, n'était-ce donc pas assez d'une fois. Mais non, le rêve devait être tout autre, car la dormeuse venait de laisser échapper un nouveau nom, celui d'une auberge des environs, l'Hôtel du Pré Jarlin.

Quel rapport? Quel rapprochement établir ? Les mots à présent se précipitaient, beaucoup étaient incompréhensibles, mais d'autres, par contre, étaient prononcés distinctement : Non..... jamais..... dénoncer..... soit..... Sibérie..... Non, non, non..... Maurice compromis, lâche,..... assassin,..... brigand,..... tuez-moi, mais tuez-moi donc..... Ah ! que je souffre !.....

Elle était en proie à une exaltation telle que Maurice fut sur le point de la réveiller, mais peu à peu elle sembla se calmer, les mots vinrent plus espacés, se firent de plus en plus rares, puis, enfin, cessèrent. Un rêve plus doux avait sans doute succédé au cauchemar, car Michèle maintenant reposait paisiblement.

Maurice se retira.

Rentré dans sa chambre il chercha à assembler ces bribes de phrases, à leur donner un sens. Lorsqu'il s'aperçut du travail auquel son imagination se livrait presque à son insu, il se gourmanda :

Il n'avait pas le droit, il était indélicat, de chercher ainsi à deviner la pensée secrète d'une femme, et surtout d'une femme aimée, son devoir était d'oublier ce que lui avait appris son indiscrétion.

D'ailleurs, il était ridicule de prêter une importance quelconque à un songe certainement absurde, comme ils le sont tous....., ou presque.

N'importe, il y pensa toute la nuit, et ce ne fut qu'au matin, lorsque la fatigue le terrassa, qu'il put enfin s'endormir et prendre un peu de repos.

Dès le réveil, la même obsession le reprit. Si pourtant, malgré toute vraisemblance, ce rêve avait quelque rapport avec le revirement de Michèle ?

C'était idiot, absurde, ridicule, il se l'avouait..., et pourtant il voulut en avoir le cœur net.

A déjeuner, il trouva le moyen de mêler brusquement à la conversation, le nom de l'Hôtel du « Pré Jarlin ». Il eut la surprise de voir Michèle tressaillir si fort, qu'Emma lui demanda ce qu'elle avait.

— Rien, dit-elle, rien, un point de côté, c'est fini.

Maurice demeura confondu, contre son attente, le mot avait porté, il était clair que son rêve n'était pas uniquement le fruit de son imagination, le soin qu'elle avait pris de donner à son brusque sursaut une explication plausible suffisait à le prouver.

Donc, toutes les suppositions, à présent, étaient permises.

Le déjeuner s'acheva sans qu'il prît à la conversation une part bien active. Ce fut Vildieu qui dut assumer seul la charge d'amuser Emma, ce qui n'était pas très difficile, et de distraire Michèle, ce qui l'était infiniment plus.

Après le café, Maurice avait pris son parti, son plan était tracé ; laissant à son ami la garde des femmes, il partit sous prétexte d'aller prendre un croquis.

Son but, on le devine, était l'hôtel du « Pré Jarlin » situé à trois kilomètres environ de la villa.

Pendant le déjeuner, il s'était brusquement souvenu que, Michèle, deux ou trois jours auparavant, était sortie seule, et que lorsqu'elle revint, il avait remarqué ses traits défaits, son air morne et abattu et de là datait précisément son déplorable état d'âme.

A tout prix, il voulait avoir le mot de cette énigme et l'enquête très serrée, à laquelle il avait fermement résolu de se livrer, devait tout naturellement commencer par une visite au fameux hôtel.

Dans son impatience, il hâtait le pas, sans bien s'en rendre compte, aussi ne tarda-t-il pas à apercevoir la blanche maisonnette élevée de deux étages qui avait nom « Hôtel du Pré Jarlin », ainsi que l'annonçait aux étrangers une large pancarte, presqu'aussi longue que la maison.

C'était un des hôtels les plus importants et les mieux tenus des environs.

Maurice qui deux ou trois fois s'y était arrêté, pour s'y rafraîchir, en connaissait vaguement le patron. Il pénétra dans la boutique « vert d'eau », échangea une poignée de main avec le maître de céans et, ayant commandé une canette de bière, l'invita à apporter son verre ; ce qu'il fit d'ailleurs avec empressement.

Maurice mit la conversation sur la prospérité de l'établissement ; à cette époque de l'année, les promeneurs devaient être nombreux et la maison faire de l'or.

— Euh ! Euh ! de l'or, comme vous y allez, de l'argent tout au plus.... et encore..... si vous saviez combien maintenant le client marchande..... il n'est pour ainsi dire pas de note qu'il ne me faille baisser de 25 p. 100.

— C'est que peut-être vous les majorez de trente.

— Voyez-vous, Monsieur, continua l'hôtelier sans répondre, nous marchons à grands pas vers une terrible crise, le français a perdu ses brillantes qualités ; de prodigue il est devenu avare.

— L'étranger vous reste, fit négligemment Maurice.

— Heureusement, car sans lui nous pourrions je crois fermer boutique.

La conversation arrivait au point intéressant, il s'agissait de manœuvrer avec habileté.

— L'anglais doit vous fournir la plus importante partie de votre clientèle étrangère ?

— La plus nombreuse oui, mais non la meilleure,

l'anglais voyage trop, ayant souvent à se défendre contre des confrères peu consciencieux il prend l'habitude « d'éplucher » sa note avec une attention révoltante.

— Quelle est donc la nation la plus susceptible de largesse.

— La Russie, Monsieur, c'est la Russie ; le russe paie sans marchander..... sans contrôler. Ainsi tenez, j'en ai un de ce moment-ci comme locataire.

— Ah! fit Maurice qui devint très attentif.

— Oui, depuis cinq jours seulement qu'il est ici, il a dépensé certainement autant à lui seul, que trois anglais. Ah! il a l'air d'un bien brave homme! Mais au fait, vous devez le connaître au moins aussi bien que moi, puisque votre dame est venue l'autre jour lui rendre visite.

Maurice tressaillit.

— Il n'a même pas dû lui dire des choses bien gaies, car la pauvre dame était bien chagrine en partant... et bien énervée aussi. Mais, j'ai peut-être tort de vous dire ces choses.....

— Non, mon brave homme, non, je connaissais la visite de ma femme à Monsieur..... Dimitri Hélias-choff... C'est bien le nom de votre locataire n'est-ce pas?

— Oui, oui, quand on le prononce devant moi, je le reconnais tout de suite, mais pour m'en rappeler, bernique, je ne peux pas arriver à me le rentrer dans la tête.

Maurice n'écoutait plus le bavardage de l'hôtelier...

Dimitri était ici, dans cet hôtel. Maintenant, tout pour lui s'expliquait. Le coquin, plus habile que la police, était parvenu à retrouver les traces de Michèle et l'avait poursuivie jusqu'ici. Sous la menace, il était arrivé à lui arracher un rendez-vous. Ce qui s'y était passé il le devinait facilement ; le rêve de Michèle dont chaque mot lui était resté gravé dans la mémoire le disait assez.

Tentant de l'effrayer par la menace d'une dénonciation, il avait dû exiger d'elle, une réédition de la scène d'antan. Et, comme Michèle refusait indignée, il lui avait fait entrevoir les tourments qui l'attendaient en Sibérie. Michèle refusait toujours, alors, le lâche avait dû lui dire que dans le cas d'une arrestation il serait lui, Maurice, gravement compromis. C'est alors, probablement, que Michèle avait proféré les injures qu'elle répétait la nuit en rêve : lâche, assassin, brigand..... tuez-moi, mais tuez-moi donc !

Maurice, en s'imaginant cette scène, tremblait d'indignation et de colère, ses traits se contractaient, ses poings se fermaient et ses yeux lançaient des éclairs de haine.

L'hôtelier qui, stupéfait, le regardait depuis quelques secondes, commençait à craindre d'avoir été trop bavard, il en fut sûr quand Maurice se levant brusquement et, sur un ton qui n'admettait pas de réplique : Conduisez-moi vers lui.

— Mais... objecta-t-il, je ne sais si ce monsieur veut vous recevoir...

— Aussi, je vous dispense de m'annoncer, indiquez-moi seulement le numéro de sa chambre.

— Numéro 6, au premier.

— Bien.

D'un bond, Maurice escalada l'étage. La porte en face l'escalier portait précisément le numéro cherché, c'était là. Avant de frapper il se reposa un instant, voulant avant tout se montrer calme.

Quand il se sentit suffisamment maître de lui, il se décida à heurter la porte. Une voix rude lui répondit : entrez ; une clef était sur la serrure, Maurice ouvrit et entra.

Dès le seuil, il se trouva en face d'un homme solidement taillé, paraissant 30 à 35 ans, la figure énergique, mais dure, les traits nettement accusés, le visage barré d'une épaisse moustache blonde.

— Monsieur Héliaschoff ?

— Lui-même, et puis-je savoir ?

Maurice par cette simple phrase prononcée sans presque d'accent, comprit que son interlocuteur possédait assez à fond la langue française, il s'en sentit fort aise, ayant craint un moment qu'il l'ignorât, ce qui eut singulièrement compliqué les choses ; aussi, rassuré, répondit-il à l'interrogation inachevée.

— Maurice Gerbaut, étudiant en médecine.

Le russe ne put réprimer un mouvement de surprise, Maurice en déduisit que son nom lui était connu.

Comme il semblait attendre une explication, Maurice résolut d'entrer dans le vif du sujet.

— Monsieur, dit-il, vous savez très certainement ce qui motive ma visite.

— Non, répondit Dimitri avec un calme impertur-
bable.

— Fort bien, je vais donc vous l'expliquer : j'aime
Mlle Michèle et connais toute son histoire, je sais ce
que vous fûtes pour elle et, si je m'abstiens de qualifier votre conduite, c'est que je me suis promis de
conserver tout mon sang-froid.

— Je vous en félicite.

Maurice qui s'attendait à une violente réplique, fut
désemparé, néanmoins il continua, encore assez maître de lui.

— Je n'ai que faire de vos félicitations, ce que je
viens chercher c'est une explication...

— Je pourrais vous demander de quel droit ? Je
préfère vous prier de continuer...

— Soyez satisfait. Abusant de vos pouvoirs, vous
avez un jour contraint cette pauvre fille, alors à peine
nubile, à se prostituer, pour acheter la liberté de ses
compagnons.

Le sacrifice consenti par elle, dans son sublime dévouement, pouvait lui laisser supposer qu'elle était
quitte envers vous, et que vous auriez au moins la
pudeur de lui épargner le supplice de votre vue.
Elle avait encore conservé de vous une trop bonne
opinion, puisque vous n'hésitez pas à la venir tour-
menter jusque dans son exil.

— Je vous comprends mal, la faute en est peut-
être à mon imparfaite connaissance de votre langue.

— Vous me comprenez parfaitement, au contraire,
j'en ai la certitude. Votre présence en ces lieux, n'a

d'autre but que de tenter, toujours par la menace, la conclusion d'un infâme marché.

— Expliquez-vous !

— Vous avez vu Michèle ?

— C'est vrai.

— Vous la savez sous le coup d'un mandat d'arrêt ?

— Oui.

— Vous lui avez promis de garder le secret de sa retraite si elle consentait à vous accorder de nouveau ses faveurs.

— C'est vrai.

— Vous avez le cynisme de l'avouer ?

Maurice pressentait le moment proche où il ne pourrait plus se contenir.

— Oui, mon excuse est bien simple, je l'aime !

— C'est faux !

— Parce que ?

— Parce que votre conduite est incompatible avec un tel sentiment.

— C'est possible, mais elle ne regarde que moi et moi seul entend en rester juge.

— Vous oubliez trop vite que je l'aime aussi.

— Non, et la preuve c'est que je vais résumer votre pensée. L'un de nous d'eux est de trop, n'est-ce pas ?

— Je le pense. Et c'est peut-être le seul point sur lequel nous tomberons d'accord.

— Je puis donc vous dire que vous m'avez devancé de quelques heures, mon intention étant d'aller vous trouver.

— Fort bien, il est donc facile de nous entendre ?

— C'est on ne peut plus simple, votre heure sera la mienne.

— J'aurai donc si vous le voulez bien, l'honneur d'attendre vos amis demain dans l'après-midi.

— Soit.

— Vous connaissez mon adresse.

— Oui.

— Monsieur !

— Monsieur.

Très courtois, Dimitri accompagna Maurice jusqu'à la porte.

Dès qu'il fut dehors, Maurice s'étonna d'avoir pu jusqu'au bout conserver son calme, et de ne pas s'être livré à quelque extrémité regrettable. Il se reprocha presque de n'avoir pas dit à cet homme le dixième, le centième des reproches et même des injures qu'il s'était promis de lui jeter à la face.

Mais, réfléchissant, il convint qu'il valait beaucoup mieux que leur entrevue ait été correcte et que le rendez-vous soit pris d'un commun accord, sans contrainte.

Il se hâta de rentrer, Michèle et Emma étant parties faire une courte promenade, il eut la satisfaction de trouver Vildieu seul, travaillant.

En quelques mots il le mit au courant de la situation, l'avisant qu'il comptait sur lui comme premier témoin.

Vildieu accepta, il est inutile de le dire.

Tous deux élaborèrent un plan, pour que les deux

femmes ne se doutassent de rien et soient absentes lors de la visite des témoins de Dimitri.

Maurice avait dû l'avant-veille, prodiguer ses soins à un pauvre bûcheron qui avait eu la jambe cassée par la chute d'un arbre. Il fut convenu qu'ils enverraient Michèle et Emma s'enquérir de ses nouvelles et lui porter quelques secours pécuniaires. Ils auraient ainsi au moins quatre heures de liberté, c'était plus que suffisant.

X

Maurice se mit le lendemain en quête d'un second témoin. Non loin de sa demeure, restait un officier retraité, connu dans le pays sous le surnom du « capitaine » ; il l'avait rencontré plusieurs fois au cours de ses promenades matinales. Les deux hommes n'avaient échangé, il est vrai, que quelques mots, que quelques phrases banales, mais Maurice crut cependant qu'il ne lui refuserait pas ce service et tenta la démarche.

Le « capitaine », de son nom Victor d'Elbard, reçut en effet fort bien Maurice et accepta d'être son témoin. Il s'enquit, c'était son devoir, des causes de la rencontre, mais comme Maurice ne lui donnait que quelques explications vagues et brumeuses, il comprit qu'il y avait là un secret et n'insista pas.

Tous deux reprirent le chemin de la maison, afin de pouvoir présenter M. Victor d'Elbard à Vildieu et convenir de concert des conditions de la rencontre. Maurice, quelles que seraient les armes choisies par son adversaire, les voulait terribles et sans pitié.

— Monsieur, dit-il à Victor d'Elbard, je ne dois pas vous dissimuler que la lutte sera terrible et que peut-être il y aura mort d'homme, si vous craignez de vous attirer des ennuis, si les désagréments que ne manqueraient pas de vous occasionner une issue fatale peuvent vous être préjudiciables, je vous rends votre parole.

— Non, je n'aurais pas accepté, au contraire, si j'avais cru que votre duel puisse être une de ces rencontres ridicules où deux balles... de liége s'échangent sans autre résultat qu'un déjeûner copieusement arrosé dans une guinguette suburbaine.

Je réprouve et je déplore ces absurdes comédies, qui n'abusent personne et jettent le discrédit sur la noble science des armes.

— Merci. Je puis donc compter sur vous ?

— Entièrement.

— Les témoins de mon adversaire seront ici dans peu d'instants. La correction veut que je ne sois pas présent à l'entretien, je vous laisse donc maître de la place et vais faire un tour.

— Mais, dit Vildieu, tu as bien quelques recommandations à nous faire ?

— Aucune, si ce n'est d'obtenir la rencontre le plus tôt possible, et dans des conditions telles que l'un de nous deux reste sur le terrain.

— Mais les armés? demanda d'Elbard, vous avez certainement une préférence.

— Non, d'ailleurs, je reconnais à mon adversaire la qualité d'offensé. Donc c'est dit, vite et grave. Merci et bonsoir.

Tranquillement, il prit son chapeau, sa canne, et sortit.

Dehors, il se mit à marcher à l'aventure, insensible aux charmes du splendide panorama ensoleillé qui, tant de fois, avait enthousiasmé son âme d'artiste.

Ainsi, il allait se battre, tenir pendant quelques minutes ou quelques secondes devant son pistolet ou son épée, ce séducteur odieux et vil, qui ne craignait pas, ayant une fois déjà contraint à se prostituer la femme adorée, de venir la rechercher jusque dans ses bras, pour tenter de renouveler, par la menace, son infâme forfaiture.

Ah! cet être, comme il le haïssait, comme il eut voulu pouvoir l'écraser du talon, ou plutôt non, lui infliger quelque horrible torture, quelque supplice nouveau, terrible et lent. Mais c'était impossible, il lui fallait au contraire le traiter comme un honnête homme, et pour débarrasser la société de ce monstre, exposer sa poitrine à ses coups, risquer sa vie pour avoir la sienne, respecter les usages et les prescriptions édictées par le code de l'honneur.

O! ironie!

Maurice était brave, sans forfanterie; mais c'était son premier duel, et il ne pouvait se défendre d'un frisson en songeant à la minute décisive. Non que la peur de la mort l'effrayât, mais il voulait, il *fallait* qu'il sortît victorieux de ce combat sans merci.

Quel serait en effet le sort de Michèle, s'il allait succomber ? Il ne pouvait y penser sans frémir. La pauvre fille, il n'en doutait pas un instant, repousserait avec indignation les infâmes propositions de Dimitri et, dès lors, ce serait pour elle la Sibérie.

Et lui, lui qui aurait, en mourant, l'effrayante vision de son supplice !... Lui qui croyait enfin pouvoir goûter toutes les joies d'un amour partagé et que la mort viendrait impitoyablement chercher au seuil même du bonheur.

Et ses parents, ses pauvres parents, quel serait leur désespoir ?

Non, la justice divine ne pouvait permettre une telle chose. Il avait confiance en son étoile, en l'équité de sa cause. Le bon droit était de son côté.

. . . .

Michèle et Emma revinrent à la maison juste à temps pour en voir sortir deux individus inconnus sanglés de redingotes très propres, mais de coupe quelque peu démodée.

Leur seule démarche suffit à fixer Emma sur leur état social.

— Tiens s'écria-t-elle, deux officiers !

Michèle tressaillit sans savoir pourquoi.

Entrant, elles furent étonnées de ne pas trouver Maurice, mais seulement Henri en compagnie de leur voisin « le Capitaine ». Que pouvait signifier cette triple visite ?

— Vildieu, habilement interrogé, répondit évasivement, les deux jeunes femmes continuèrent à se perdre en conjectures.

Le retour de Maurice vint encore obscurcir le mystère. Son accueil fut peut-être encore plus cordial et plus tendre qu'à l'ordinaire, mais il s'y mêlait un sentiment indéfinissable où semblait percer à la fois la tristesse et la joie, l'espérance et le désespoir. Elles eurent d'ailleurs peu le loisir de l'étudier ; presque aussitôt rentré, il fit un signe à Vildieu et au capitaine, et, après s'être excusés de les laisser seules toutes deux, les trois hommes s'enfermèrent dans le cabinet de travail de Maurice.

Un instant, Michèle crut avoir deviné, elle pâlit, son sang se glaça dans ses veines : Maurice connaissait la présence de Dimitri dans la contrée, il l'avait vu, l'avait provoqué et tous deux allaient se battre !... Mais non, c'était ridicule, insensé, comment aurait-il pu être instruit de sa présence... Non, il fallait chercher une autre explication plus simple et moins tragique.

Une fois de plus, la vérité n'était pas vraisemblable.

.   .   .   .

Vildieu et d'Elbard mirent en quelques mots Maurice au courant des pourparlers et des résolutions prises.

La rencontre aurait lieu le lendemain, dès l'aube, au lieu dit « la Roseraie », dans une propriété privée appartenant à l'un des témoins de son adversaire.

L'arme choisie était l'épée. Les reprises seraient de deux minutes, le terrain gagné restant acquis. La tenue, chemise molle et gants de ville, les épées tirées au sort.

Enfin, le combat ne s'arrêterait que sur un constat des deux docteurs, disant le blessé en état d'infériorité manifeste.

Ces conditions équivalaient presque à un arrêt de mort pour l'un ou l'autre. Maurice s'en montra satisfait.

D'Elbard possédait chez lui une excellente paire d'épées de combat gagnées jadis à un tournoi d'escrime ; il les mit à la disposition de Maurice, qui accepta.

Puis comme il avait, depuis longtemps déjà, abandonné la salle, il fut convenu que, sous le prétexte de reconduire son visiteur, ils iraient tous deux faire une heure de planche pour se remettre le poignet.

La sortie de Maurice et du « capitaine » ne sembla pas trop anormale à Michèle, le prétexte invoqué était plausible, elle s'en contenta.

Vildieu restant pour leur tenir compagnie, fut assailli de questions. Ses talents d'avocat lui furent d'un utile secours, il parvint à éluder les plus embarrassantes, répondit aux autres par une fable habile et fut enfin assez heureux pour décider les deux jeunes femmes à regagner leurs chambres sans attendre le retour de Maurice.

Celui-ci pourtant, ne tarda guère à rentrer, d'Elbard par prudence, ne voulut pas le fatiguer et se

contenta de lui faire repasser la « leçon » en lui indi-
quant quelques coups qui pouvaient être utiles le cas
échéant.

Puis, l'envoyant prendre un repos indispensable,
il sortit lui-même pour se mettre en quête d'un docteur.

Maurice ne suivit pas à la lettre les instructions de
son mentor. Une fois dans sa chambre, il oublia toutes ses promesses et, dédaignant le repos prescrit,
rédigea trois longues lettres :

Une à Michelle.

Une autre à ses parents.

Et la troisième à Vildieu.

A minuit seulement, il s'étendit sur son lit, dans
l'attente d'un sommeil problématique.

XI

Quand le lendemain matin, Maurice, ses amis et
son docteur arrivèrent à la « Roseraie », l'Angelus
conviait les fidèles à la prière du matin, et donnait
aux travailleurs le signal du départ aux champs. La
nuit avait été fraîche et le soleil n'avait pas encore
eu le temps d'évaporer la rosée qui perlait chaque
brin d'herbe.

Ils étaient les premiers au rendez-vous. D'Elbard
en profita pour donner à Maurice quelques conseils :

Rester autant que possible entièrement maître de
soi et toujours suivre quoi qu'il advienne la tactique

adoptée. La meilleure dans le cas présent, puisqu'il ignorait la force et le jeu de son adversaire, était de se tenir sur la défensive au moins pendant les premières reprises et de ne risquer la riposte qu'autant qu'il pourrait le faire sans se découvrir.

Maurice écoutait ces sages recommandations d'une oreille distraite, son esprit était ailleurs. Il cherchait vainement à écarter de sa pensée les images chéries de Michèle et de ses parents. Il se les imaginait recevant la fatale nouvelle et s'attendrissait à la vision de leur désespoir, tout comme s'il se fût agi d'un autre. Ces réflexions étaient peu propres à stimuler son énergie et il ne se dissimulait pas qu'il allait tout à l'heure lui en falloir beaucoup. Quel est l'homme en effet, quelque brave qu'il soit qui n'ait au moment de sa première affaire, à se défendre d'un instant d'émotion.

Son adversaire arrivait escorté lui aussi de ses témoins et de son docteur. Des saluts furent échangés de part et d'autre et tous les huit pénétrèrent dans le parc à la recherche d'un endroit convenable.

Maurice ne pouvait détacher ses regards de Dimitri, sa haine s'exaltait à la vue de son ennemi, il devenait nerveux et trouvait à présent les préparatifs trop lents.

L'autre, au contraire, avait un air dégagé, et presque goguenard, réel ou affecté. Il eut fallu pour le dire, le connaître mieux. Il semblait venir là comme à une partie de campagne. Son assurance effraya quelque peu Vildieu et d'Elbard qui constataient avec crainte la nervosité toujours croissante de Maurice; ils résolurent de hâter les préliminaires.

Le terrain choisi était une pelouse couverte d'un épais gazon, longue d'une vingtaine de mètres, bornée d'un côté par un mur, de l'autre par un treillage.

Le tirage au sort désigna Vildieu pour la direction du combat, par contre il donnait à Dimitri la place la plus avantageuse. Les épées choisies furent celles de d'Elbard.

Les deux adversaires se déshabillèrent. Après que les témoins se furent assurés qu'ils portaient la tenue prescrite, Vildieu les mit en ligne, croisa les lames, et la voix tremblante d'émotion prononça le sacramentel : Allez Messieurs !

Le combat commença au milieu de l'anxiété générale, tous savaient qu'ils assistaient à une lutte sans merci, et suivaient, haletants, les péripéties du duel.

Dimitri attaqua le premier avec une fougue dont on n'aurait pu le croire capable, Maurice suivant les recommandations de d'Elbard, se contentait de parer, néanmoins la vigueur de l'attaque était telle qu'il dut dès les premières passes, rompre de trois pas. Les deux adversaires jusqu'ici semblaient d'égale force; néanmoins si Maurice parvenait à ne pas s'énerver et garder la défensive, il avait beaucoup de chances de lasser son adversaire et acquérir ainsi une supériorité sensible.

Vildieu tout à coup ne put retenir un cri, Maurice était arrivé trop tard à la parade, et Dimitri venait de le toucher en se fendant à fond. Tous le crurent

transpercé, les docteurs se précipitèrent et recon-
nurent que, fort heureusement, la lame avait dévié.
Il ne portait qu'une légère blessure à l'épaule, ne le
mettant pas en état d'infériorité, le combat continua.

A la seconde reprise, Maurice décidément énervé
était résolu à en finir coûte que coûte. Il attaqua le
premier par un coup en quarte que Dimitri para d'une
opposition rapide, puis revenant à la riposte d'un terrible dégagement eut inévitablement transpercé Maurice si, par un contre foudroyant celui-ci n'avait écarté
la lame qui le menaçait. Un coup droit fut sa réponse, réponse terrible car Dimitri chancela, étendit
les bras, lacha son épée et tomba dans les bras de
ses témoins accourus.

Les docteurs le firent coucher sur l'herbe et s'em-
pressèrent de reconnaître la blessure. Leur examen
fut court. Lorsqu'ils relevèrent la tête, il ne fut pas
nécessaire de les interroger pour connaître leur ver-
dict, leur physionomie découragée disait nettement
leur impuissance, la blessure était mortelle.

Maurice n'avait pas bougé, il était resté debout, le
visage plus pâle encore que l'agonisant ; son docteur
s'approcha de lui et doucement, presque sans reproche :

— Vous avez frappé fort, Monsieur. .

— Il est ?... questionna Maurice hébété.

— Non, mais il n'en vaut guère mieux, dans deux
heures le pauvre diable aura cessé de vivre.

Maurice s'épongea le front inondé de sueur froide,
il sentit ses genoux fléchir et se fut immanquable-

ment laissé choir si Vildieu n'était arrivé à point pour le soutenir.

Pendant ce temps, les docteurs prodiguaient au moribond, des soins qu'ils savaient par avance inutiles mais que l'humanité leur imposait.

L'un d'eux dit :

— Il ne peut rester là, il faut l'emporter au plus vite.

— Où? demanda quelqu'un.

Cette simple question embarrassa tout le monde, en effet il ne fallait pas songer à le ramener en cet état à son hôtel.

Un de ses témoins se dévoua et donna son adresse.

Avec mille précautions on transporta Dimitri toujours sans connaissance dans la carriole, vague tapissière, que d'Elbard avait eu soin de commander et bientôt le triste convoi s'éloigna.

Maurice sortit alors de l'état de prostration où il se trouvait ; une brusque réaction se produisit. La première sensation éprouvée en voyant tomber son adversaire avait été la stupeur, la première pensée : « je viens de tuer un homme ».

A présent, au contraire, il lui semblait ressentir un immense soulagement, un sentiment indéfinissable fait de joie, de plaisir pénétrait tout son être. Il dut se contenir pour ne pas céder à un accès de gaîté déplacée.

Une bouffée d'orgueil lui monta au cerveau. Il crut sincèrement que la Providence en lui permettant de vaincre l'avait choisi pour être l'instrument de la justice divine, pour châtier enfin le crime et l'infamie.

Puis songeant à la joie de Michèle, en apprenant qu'elle n'avait plus rien à craindre de son bourreau, il eut hâte de lui apporter la bonne nouvelle.

Sa blessure commençait à le faire souffrir, son bras s'ankylosait, et la fièvre qui venait de se déclarer ajoutait encore à son exaltation.

C'est à peine pourtant s'il sentait la douleur, dans son désir d'arriver vite, il allongeait le pas à tel point que Vildieu et d'Elbard avaient toutes les peines du monde à le suivre.

Ils furent bientôt de retour à la villa.

Le premier soin de Maurice fut d'aller frapper à la porte de Michèle.

La jeune fille venait de se lever, car le combat avait été court, et il n'était guère plus de sept heures. Elle vint ouvrir, vêtue d'un charmant déshabillé, et fut frappée de la pâleur de Maurice et de l'éclat extraordinaire de ses yeux.

— Mon Dieu ! qu'y a-t-il ? qu'avez-vous ?

Maurice voulut répondre, mais ayant fait un mouvement trop brusque pour se rapprocher, il ne put réprimer un cri de douleur, et se sentant chanceler, dut se retenir au montant de la porte, quelques gouttelettes de sang maculèrent le plancher.

Michèle comprit.

— Ciel ! vous êtes blessé ! Vous vous êtes battu ! Ah ! j'aurais dû m'en douter, vous l'avez provoqué, et le monstre a triomphé une fois de plus.

Maurice parvint à se ressaisir.

— Non, Michèle, non, le ciel que vous venez d'invoquer a jugé bon d'interrompre la série de ses forfaits, je suis blessé, c'est vrai, mais lui est mort...

— Mort ! Vous l'avez tué ?

— Mort !... tué !...

Elle resta, une seconde, interdite, puis son beau visage s'illumina d'une joie cruelle, et ne pouvant plus se contenir, elle se jeta dans les bras de Maurice.

Le jeune homme comprit à la violence de cette étreinte que désormais Michèle lui appartenait toute, qu'il avait enfin trouvé le chemin de ce cœur rebelle.

La statue s'était animée !

. . . .

Deux mois après, Vildieu et d'Elbard étaient de nouveau témoins, mais cette fois leur rôle était plus pacifique, et ne consistait qu'à apposer leur signature sur un registre d'état civil mentionnant le mariage de M. Maurice Gerbaut avec Mlle Michèle Souwarine.

Les deux époux étaient rayonnants, la joie, le bonheur et surtout l'amour se lisaient dans leurs yeux.

Michèle était complètement heureuse ; deux jours auparavant, Vildieu lui avait annoncé qu'il était enfin arrivé à faire bénéficier Vassili et ses compagnons d'une ordonnance de non-lieu.

Emma, elle aussi, semblait ravie, elle pressait tendrement le bras de Vildieu qui n'avait garde de lais-

ser sans réponse ces petites démonstrations de sympathie.

Enfin, il n'est pas jusqu'au papa et à la maman
Gerbaut qui ne se montrassent enchantés de cette
journée.

Leur jolie bru les avait positivement conquis et ils
avaient perdu même le souvenir de la « gente fiancée
bâtie pour vivre cent ans ».

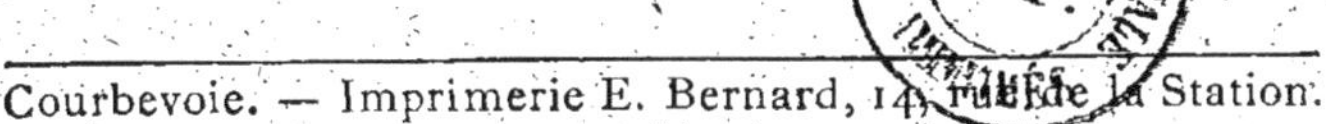

Courbevoie. — Imprimerie E. Bernard, 14, rue de la Station.

www.ingramcontent.com/pod-product-compliance
Ingram Content Group UK Ltd.
Pitfield, Milton Keynes, MK11 3LW, UK
UKHW022352090726
13658UKWH00002B/605